AMOURS D'ENFER

SCOTT WESTERFELD
MELISSA MARR LAURIE FARIA STOLARZ
JUSTINE LARBALESTIER GABRIELLE ZEVIN

AMOURS D'ENFER

Traduit de l'anglais (États-Unis)
par Maud Desurvire

hachette

L'édition originale de cet ouvrage a paru en langue anglaise
chez HarperCollinsPublishers sous le titre :

LOVE IS HELL

Hachette Livre, 43 quai de Grenelle, 75015 Paris.

Un Monde (presque) Parfait

Scott Westerfeld

Un

Comme presque tous les jours, je suis arrivé juste à l'heure en classe de fléaux.

Ce n'était pas un vrai cours avec des notes et tout, donc seuls les plus fayots bossaient vraiment. Nous, on se contentait de venir et si possible de ne pas s'endormir. Évidemment, personne ne voulait être recalé, sinon ça signifiait redoublement et un semestre de plus à étudier toutes les famines et les maladies qui accablaient nos ancêtres. Au moins, en cours d'histoire, il y avait des batailles ; la classe de fléaux, c'était juste déprimant.

Alors, quand je suis entré et que j'ai vu ce que M. Solomon avait écrit sur le vieux tableau noir, je n'ai pas pu m'empêcher de râler à voix haute.

« DERNIER JOUR POUR CHOISIR UN SUJET DE DEVOIR DE FIN D'ANNÉE. »

— Un problème, Kieran ?

Ça, c'était Maria Borsotti, assise à la table d'à côté, un cahier vieillot et prêt à être griffonné posé devant elle.

— C'est pas juste, ai-je dit en m'affalant sur mon siège.

Le calendrier des dissertations était censé apparaître automatiquement dans l'Espace Mental. Mais, en cours de fléaux, toutes les technologies de pointe étaient mises en veille, c'était la règle. Comme nos pauvres ancêtres, on devait compter sur nos cervelles ou, à l'instar de Maria, gribouiller des glyphes sur du bois mort devenu pâte à papier.

Apprendre à écrire manuellement ? Pour un cours optionnel, en plus ? Quelle lèche-bottes, celle-là !

Pourtant je savais que ce devoir allait tomber et que je devais réfléchir à un sujet. En fléaux, c'était le principe du premier arrivé, premier *à sévir* (jeu de mots typique du prof : hilarant, non ?). Donc, vendredi dernier, dès la fin du cours, la plupart des élèves s'étaient dépêchés d'activer l'Espace Mental pour choisir les épreuves les plus faciles avant qu'un autre ne s'approprie l'idée.

On était censés « incarner » une forme de défaillance du passé, en jouant les aveugles ou un truc du même genre pendant deux semaines ; soi-disant pour nous apprendre la réalité de la vie d'autrefois, comme si passer une heure par jour en cours de fléaux n'était pas déjà suffisamment pénible.

Sans compter que l'intervention de Barefoot Tillman à la sortie m'avait distrait : elle était venue demander de l'aide pour organiser un bivouac en Antarctique. Difficile de refuser quelque chose à Barefoot : cette fille mesurait presque deux mètres de haut, et c'était surtout la plus jolie du lycée. Après avoir discuté combinaisons thermiques et pingouins avec elle, je m'étais téléporté directement dans les Alpes à mon cours facultatif d'escalade. Ce fut le point de départ d'un week-end bien occupé, sans peste, guerre ni contrainte : shopping sur la Lune avec maman, révision de mon ancilangue dans l'Espace Mental (on jouait *Hamlet* en cours de théâtre) et un dimanche entier passé à construire mon habitat au pôle Sud pour le cours avancé d'ingénierie. Le seul moment du week-end où la pénurie avait fait une minuscule incursion dans ma mémoire, c'était pendant une bataille virtuelle avec mon copain Sho, quand j'ai dit :

« Tu te rends compte ? Les gens mouraient vachement à l'époque ! » Ensuite je me suis fait bombarder par un avion, alors j'ai encore oublié.

Donc voilà : on était lundi et il était trop tard pour faire la moindre recherche. Dès l'instant où le cours de fléaux commençait, l'Espace Mental s'éteignait : mon emploi du temps, les scores du championnat d'apesanteur, même la date et l'heure... tout disparaissait. Le monde revêtait l'apparence étrange et morne de cette époque fragile : un seul champ de vision, et rien à voir excepté le sourire narquois de Maria Borsotti.

— Pauvre Kieran, a-t-elle dit.

— Sois sympa, Maria, donne-moi une idée...

Elle a détourné les yeux.

— J'en aurais bien une ou deux en rab, mais...

M. Solomon s'est éclairci la voix avant de commencer ; d'après lui, c'était comme ça que les anciens attiraient l'attention – parce qu'ils étaient toujours souffrants.

— Bien ! Jeunes gens, j'espère que vous êtes prêts pour une expérience qui va changer votre vie !

Un vague grondement de protestations s'est fait entendre dans la classe, mais Solomon a levé la main pour nous faire taire.

— La « perspective » sera le maître mot des deux prochaines semaines. Ne vous laissez pas décourager par ce projet : plus vous comprendrez le mode de vie d'autrefois, plus vous apprécierez notre époque.

C'était ça le vrai but de ce cours : nous transformer en petits fayots reconnaissants et jamais réfractaires, même à des choses vraiment rasoir comme, disons, le cours de fléaux.

Maria s'est penchée vers moi.

— C'est bête, je ne trouve plus mes notes, a-t-elle

murmuré. Mais le prof a dit qu'il avait quelques idées en réserve...

Ma gorge s'est serrée. Solomon avait menacé quiconque ne proposerait pas son propre sujet de lui imposer un projet cauchemardesque. La peste bubonique, peut-être ? Ou le pied d'athlète, qui semble être un atout dit comme ça, mais qui n'en est pas un (sauf pour les amateurs de champignons entre les orteils). Je me sentais comme ces ringards incapables de se trouver un coéquipier en gym et contraints de faire des tours de piste au lieu de jouer à l'apesanteur.

— Qui veut commencer ? a lancé Solomon.

Les mains se sont agitées, chacun étant impatient de valider son sujet. Je suis resté figé pendant que mon cerveau désarmé continuait à tourner désespérément dans le vide. Solomon a donné la parole à Barefoot.

— Est-ce que je peux prendre le rhume ? a-t-elle demandé.

Je l'ai fusillée du regard. C'était sa faute si j'avais oublié ce devoir, et mademoiselle choisissait le *rhume* après toutes les famines et les pandémies qu'on avait étudiées ce semestre ? Même de nos jours, les gens s'enrhument encore ! Pas souvent, mais ça arrive. Au pôle Sud, par exemple : ma combinaison thermique est toujours gelée quand je l'enfile le matin. Particulièrement désagréable comme sensation. Un rhume, c'est de la rigolade à côté.

Solomon a souri.

— Êtes-vous certaine de vouloir tester quelque chose d'aussi... déplaisant ?

Barefoot a semblé prise au dépourvu. À en juger par son sourire en coin, Maria avait déjà dû faire son enquête sur ce fameux rhume, et, pour qu'une fayote comme elle ne veuille pas se frotter à un tel sujet, c'est que Barefoot était dans un sacré pétrin.

— Ne vous en faites pas pour moi, a bluffé Barefoot.

Ses pouces se sont contractés tandis qu'elle tentait inconsciemment d'activer l'Espace Mental pour en savoir plus sur le rhume. La connaissant, elle n'avait pas cherché plus loin que le nom. Voilà le genre de travail bâclé contre lequel le cours de fléaux était censé nous prémunir. Car autrefois la paresse était une cause de mortalité, apparemment.

Il n'empêche que Barefoot était bien plus avancée que moi.

— Très bien, a dit Solomon. Le rhume est tout à vous, mademoiselle Tillman !

D'autres mains se sont levées.

Le professeur a distraitement balayé la salle du regard. Cette manie de lever la main était une énième régression technologique qui rendait le cours de fléaux vraiment frustrant. Il fallait attendre son tour au lieu de dialoguer sur de multiples fréquences audio ou d'envoyer des textos sur un forum géant. Pas étonnant qu'à l'époque ils aient passé leur temps à se disputer : débattre du moindre sujet complexe sur un seul niveau audio, c'est comme essayer d'aspirer du goudron avec une paille.

Lao Wrigley a levé la main plus haut que les autres.

— Je voudrais faire le mal des transports, a-t-elle dit. Mais sans téléportation ! N'importe comment, mon père me dépose à l'école en avion.

— Vous êtes tous bien ambitieux...

Le sourire sadique qui a éclairé le visage de Solomon m'a retourné l'estomac.

— Et vos cours sur les autres continents ?

Lao a agité avec arrogance la feuille qu'elle tenait dans les mains. Question zèle, elle n'était pas du niveau de Maria, mais, avant le début des cours, elle notait toujours les infos trouvées dans l'Espace Mental sur un vieux morceau de papier.

— Mes cours en Asie sont tous programmés dans l'Espace Mental ce semestre, donc je n'ai pas besoin de me téléporter. Mon cours facultatif de plongée sous-marine a lieu aux Bahamas, mais il y a un ferry qui fait la navette deux fois par jour. Je crois même qu'il y a encore des vieux sièges pour les passagers.

Solomon a hoché la tête.

— Excellentes recherches, Lao, mais vous verrez que ces bateaux sont étonnamment lents. Savez-vous combien de temps durait la traversée ?

Lao a acquiescé avec gravité.

— Deux bonnes heures, monsieur. Mais, si nos ancêtres tenaient le coup, je devrais y arriver aussi.

— Et votre vie sociale ? Cela implique que vous ne fassiez aucune fête sur Luna pendant deux semaines.

Toujours aussi sérieuse, Lao a croisé les mains.

— Le cours de fléaux n'a pas grand intérêt si l'on ne fait pas de sacrifices, non ?

N'importe quoi ! Comme si Lao Wrigley était du genre à faire la tournée des planètes tous les samedis soir ! Même Maria a haussé les sourcils vers moi d'un air surpris, comme si on venait d'avoir une transmission de pensée. (C'était le seul truc cool de ce cours : on se rendait compte qu'on pouvait communiquer des tonnes de choses d'un simple regard.)

On a réussi à ne pas piquer un fou rire.

De son côté, Solomon s'est mis en quête de sa prochaine victime.

Pour le coup, mon cerveau s'est vraiment emballé. Il ne m'était pas venu à l'esprit qu'on pouvait renoncer à la téléportation. Je m'étais axé essentiellement sur les classiques : maladies, famine ou paralysie d'un membre. Mais une régression technologique était peut-être moins dangereuse qu'une bactérie à l'intérieur du corps ?

J'ai essayé de me rappeler tous les soucis de l'époque. Pas de téléportation (déjà pris). Pas d'Espace Mental (j'avais remarqué). Pas de combinaison thermique (donc je serais mort de froid au pôle Sud ?). Aucun minimum bancaire garanti (alors quoi ? Il fallait toujours travailler pour gagner de l'argent, c'est ça ?). Chaque exemple semblait être un vrai calvaire.

C'était sans doute la morale de ce cours : le fléau, ça craignait un max.

— Alors, elle vient cette idée ? m'a chuchoté Maria.

J'ai serré les dents, réalisant avec dépit que mes ancêtres avaient déployé beaucoup d'efforts pour trouver une solution contre la faim, les attaques de lions et tous les microbes qui proliféraient dans leurs corps. Sincèrement : merci mes aïeux. N'empêche, pourquoi est-ce que je devrais encore affronter ces dangers ?

Cela dit, le concept des lions me plaisait bien. Je pouvais peut-être traiter le thème de la prédation et charger un fabricant de me construire une grosse bête pour qu'elle me poursuive de temps en temps ? L'inconvénient, c'est que ça agacerait sûrement mon prof de théâtre de se faire sauter dessus par un ours des cavernes pendant qu'on répète Shakespeare...

Solomon a écouté mes camarades un par un ; moins il y avait de mains levées, plus le nœud dans mon ventre se resserrait.

Mon copain Sho a choisi la faim sous prétexte qu'il serait amusant de devenir maigre. Après tout, son biocorps ne le laisserait pas mourir, et à l'époque il était courant que les gens jeûnent pendant deux semaines. Solomon a accepté, non sans lui faire promettre de boire beaucoup d'eau.

Judy Watson a pris l'analphabétisme, ce qui signifiait

qu'elle pourrait activer l'Espace Mental uniquement à l'aide d'icônes et de commandes vocales. Excellente combine, étant donné le nombre de gens qui ne se donnent même plus la peine de lire. J'ai essayé de réfléchir à une variante, mais rien ne tenait la route ; sans compter que j'avais besoin de savoir lire et écrire pour apprendre mes tirades d'*Hamlet*.

La majorité a opté pour la maladie : cancers, infections et même quelques parasites. Dan Stratovaria a choisi la cécité des rivières, ce qui allait lui valoir de sérieuses lésions oculaires durant deux semaines. Solomon l'a autorisé à garder quelques images dans l'Espace Mental pour pouvoir faire ses devoirs, mais, de toute façon, ça faisait un moment que Dan prévoyait de se faire implanter de nouveaux yeux, donc là encore ce n'était pas la mer à boire.

Les seules maladies qui me revenaient, c'étaient celles qui avaient un drôle de nom, comme la coqueluche. Mais deux semaines de toux convulsive, ça ne m'emballait pas trop.

— Tu es mignon quand tu es nerveux, a dit Maria.

Solomon a tourné la tête vers nous.

— Maria, Kieran : de quoi parlez-vous donc avec autant d'enthousiasme depuis le début du cours ?

— En fait, Kieran a une idée remarquable, monsieur !

J'ai dû réprimer une forte envie de lui balancer un coup de pied.

— Je n'en doute pas, mademoiselle Borsotti, mais dites-nous d'abord la vôtre.

Là, Maria a souri.

— J'aimerais interrompre mes stabilisateurs hormonaux.

Solomon a acquiescé ; manifestement, il comprenait de quoi elle parlait.

— Un peu risqué à seize ans, vous ne trouvez pas ?

— Non, ce sera drôle de voir ce que ça faisait d'être un ado à cette époque.

Elle a haussé les épaules.

— Dans les livres, on a l'impression que c'était toujours très intense.

— En effet. Eh bien, c'est d'accord : laissez libre cours à vos hormones, Maria. Et vous Kieran, qu'en est-il de votre « remarquable » idée ?

Maria a eu l'air amusé, mais je l'ai ignorée.

— En fait, je voudrais tenter une expérience… différente.

— Formidable. Et de quoi s'agit-il ?

Quoi ? C'était bien ça le hic ! J'ai essayé de trouver fissa un projet que je pourrais tester en escalade, comme le vertige, ou qui me mettrait au défi en Antarctique, par exemple en ayant des engelures, ou qui m'aiderait à mieux comprendre *Hamlet* vu que l'époque élisabéthaine était justement une affaire de fléaux…

C'est là que William Shakespeare est venu à ma rescousse.

— Le sommeil, monsieur !

— Tiens donc ?

Solomon a joint les mains du bout des doigts, l'air enchanté.

— Très original.

— Mais je ne dormirai pas tout le temps, me suis-je empressé d'ajouter. Juste un peu chaque nuit, comme ils faisaient dans le temps, d'accord ?

— De toute façon je pourrais difficilement vous imposer huit heures de sommeil, a dit Solomon. Tant que vous passez par la phase REM, ça ira.

J'ai fait mine d'avoir une vague idée de ce que c'était que son « REM », tout en repensant à ce qu'il venait de dire : huit heures par nuit ! Mais comment est-ce que les gens de l'époque trouvaient le temps de faire quoi que ce soit ? Quasiment tous les mois, je séchais ma séance de relaxe-méninges.

Un soupçon de panique a dû se lire sur mon visage car Solomon a cherché à me rassurer :

— Ne vous en faites pas, a-t-il dit. Certains anciens dormaient à peine trois ou quatre heures par nuit.

J'ai souri d'un air penaud, m'estimant heureux d'avoir échappé à la peste bubonique.

DEUX

Kieran Black n'était pas du genre mignon, non.

D'accord, sa passion pour la vie au grand air avait un certain charme, tout comme sa façon de se téléporter en cours depuis l'Antarctique, des glaçons collés dans les cheveux et les lèvres encore gercées par les vents glacials. Et c'est vrai qu'aujourd'hui il avait été particulièrement séduisant avec son air paumé, infichu de réaliser que le fait de passer son temps au pôle Sud était déjà plus ou moins un thème de fléaux. Sans rire : qui sortait encore dans le froid de nos jours ?

Alors, à la fin du cours, j'ai décidé d'avoir pitié de lui.

— Je peux t'aider si tu veux, Kieran. Au labo de bio, on a un hamster qui dort.

Il m'a regardée, comme s'il pensait que je le taquinais encore, mais j'ai insisté d'un petit signe de tête. Nos projets étaient censés débuter sur-le-champ, et il ignorait sans doute complètement comment s'y prendre pour s'endormir.

Sho Walters est passé à côté de nous d'un air nonchalant en donnant une grande tape dans le dos à Kieran.

— Rester allongé à rien faire : joli projet, mon pote !

— Pas mal, hein ! a acquiescé Kieran en lui rendant son

coup. Mais avoue que, sauter les repas, ce n'est pas un supplice non plus.

— Tu veux rire ? J'adore manger ! s'est écrié Sho en me regardant avec une drôle de tête avant de s'éloigner dans le couloir.

J'en suis venue à me demander si ce projet de développement personnel rimait vraiment à quelque chose. Sho avait trois convictions dans la vie : le travail scolaire était stupide, l'entendement surfait, et l'effort bon pour les fayots. Si Kieran était pareil, inutile de perdre mon temps en amabilités.

C'est là qu'il a marmonné un truc :

— Et moi je n'aime pas rester sans rien faire. J'ai un igloo à construire.

Ça m'a fait sourire. Un igloo... ? Ce garçon valait peut-être le coup que je fasse un effort.

Tandis que les derniers élèves s'éclipsaient de la salle, le visage de Kieran s'est assombri.

— Alors, c'est ça dormir ? S'allonger sans rien faire ? s'est-il étonné.

— C'est ce que fait Mickey, le hamster. Il respire, mais en gros c'est tout.

— Ouais, mais c'est un hamster. Les gens de l'époque devaient finir par s'ennuyer, non ?

— Mais non, idiot, on ne peut pas s'ennuyer si on est inconscient.

— Ah oui, c'est vrai. Donc c'est comme quand on se fait opérer ?

— Non, c'est plutôt... Dis-moi, tu n'as fait aucune recherche ?

— Pas vraiment. J'ai été pris tout le week-end.

— Mais alors, comment est-ce que tu as pensé au thème du sommeil ?

— C'est dans la pièce qu'on étudie. Il y a ce prince barjo

qui envisage de se suicider et qui pense que, la mort, ce n'est peut-être pas si terrible parce qu'il croit que c'est comme quand on dort.

Il a haussé les épaules d'un air songeur.

— Alors je me suis dit que cette idée ne pouvait pas être complètement nulle.

— Tu as lu *Hamlet* ?

Était-il possible qu'au fond Kieran Black possède une certaine subtilité ? Certes, il venait de qualifier le plus grand personnage de la littérature anglaise de « prince barjo » mais quand même...

— Eh oui ! Je sais lire, Maria. Désolé que ça te choque, mais je ne passe pas mes journées à courir sur place dans une petite roue, tu sais.

— Dommage, tu serais mignon...

Kieran a roulé des yeux, puis il a jeté un œil dans l'Espace Mental en soupirant.

— On ferait bien de s'y mettre, vu que je vais déjà perdre trois heures par jour pendant deux semaines.

Je l'ai emmené directement au labo de bio, qui abritait non seulement un hamster mais aussi une machine de paramétrages pour biocorps. Je connaissais déjà le programme qui bloquerait mes stabilisateurs hormonaux – ces petits gadgets qui nous rendent calmes, sereins et amorphes en permanence.

À moi la crise d'adolescence !

Quelques élèves du cours de fléaux étaient déjà là ; certains avaient besoin de la machine pour neutraliser leurs défenses immunitaires, d'autres pour leurs réparateurs d'organes. L'Intelligence Artificielle de la machine n'en finissait pas de vérifier les fiches d'autorisation et de lancer des simulations pour s'assurer que personne n'endommagerait son biocorps de manière fatale ou illicite. Bien entendu, Barefoot Tillman s'était débrouillée pour être la première dans la file.

En attendant, Kieran est allé jeter un œil à l'habitat de Mickey.

— Il dort, là ? a-t-il demandé en observant le petit corps agité du hamster.

J'ai glissé un doigt à travers la grille de la cage, et Mickey s'est mis à le renifler.

— Non. Il se repose, c'est tout. Ses petits yeux sont ouverts, tu vois ?

Kieran a tendu la main avec précaution pour caresser la fourrure du rongeur. Mickey a un peu remué, puis il s'est calmé.

— Regarde, il vient de fermer les yeux ! Là, il dort, non ?

— Kieran, on ne s'endort pas en deux secondes ! Autrefois, certaines personnes passaient la nuit à tourner et à se retourner dans leur lit comme si elles étaient tracassées par quelque chose. Ça s'appelait « avoir une nuit agitée ».

Il a levé les yeux, surpris.

— Comment est-ce que tu sais tout ça ?

— Je me suis documentée. C'est fou les émotions qu'ils ressentaient à l'époque. Ils avaient des petites crises de folie passagère tout le temps.

J'ai regardé Kieran promener ses doigts sur le dos de Mickey.

— Le simple fait de rencontrer un type mignon ou une jolie fille pouvait les rendre dingues.

— Ça, ça arrive encore, a-t-il plaisanté. Moi, par exemple : j'ai oublié de préparer ce projet parce que Barefoot Tillman m'a parlé.

— Je ne parle pas de ça ! ai-je répliqué d'un ton sec. Barefoot t'a juste empêché de te concentrer, ça n'a rien de spectaculaire. Alors qu'avant c'était des cris et des larmes pendant des heures. Des nuits entières passées à s'arracher les cheveux et à gesticuler dans son lit.

Kieran s'est mis à rire.

— Bonjour la torture !

— Tu n'écoutes donc jamais rien en cours de fléaux ? La douleur est indispensable. C'est pour ça qu'on ne l'a jamais éradiquée.

— Ouais, c'est comme si Dame Nature disait : « Éloigne ta main du feu, andouille ! »

Sur ce, il a retiré doucement sa main de la cage.

Mickey semblait dormir pour de bon maintenant et, a priori, Kieran Black savait s'y prendre pour ne pas contrarier les hamsters. Je me suis surprise à sourire, subitement moins agacée vis-à-vis de Barefoot Tillman.

— C'est pour ça que tu veux faire ton truc d'hormones ? a-t-il demandé. Pour devenir dingue ?

— Je ne deviendrai pas complètement folle, tu sais. J'ai juste envie de ressentir ce que les gens vivaient à l'époque, surtout ceux de notre âge : c'était plus intense... plus passionnant. Regarde : pourquoi est-ce que tu descends au pôle Sud et que tu t'infliges ce froid glacial ? Parce que c'est une sensation forte, non ?

Kieran fixait du regard le hamster endormi.

— Oui mais le froid ne me fait pas perdre les pédales.

— N'empêche que ça te procure des sensations que personne ne ressent ailleurs. Pas à notre époque.

— Sans doute, a-t-il dit en haussant les épaules. En tout cas, fais gaffe à ne pas trop dérailler ou à te mettre à écrire des poèmes !

Forcément, ça m'a fait rire.

— Promis, j'essaierai de ne pas trop faire mon Ophélie ! À condition que je ne rencontre pas un « prince barjo » entre-temps !

La file d'attente pour la machine de paramétrages avait diminué. Tout le monde partait à son cours suivant, certains avec un petit rire nerveux. Dan Stratovaria se frottait les yeux comme s'il essayait de ressentir les parasites d'antan qui s'y développaient.

J'étais moi-même un peu anxieuse maintenant que mon dérèglement hormonal était à portée de main. Les deux semaines à venir seraient sûrement très gênantes. Même si mon biocorps m'empêcherait de me suicider, je risquais bel et bien de me sentir l'âme d'un poète...

— Viens, on va faire des recherches.

Dès que l'Espace Mental a tourné à plein régime, la salle de bio et l'habitat de Mickey se sont évanouis sous nos yeux.

— Mieux vaut que tu saches comment le sommeil fonctionne si tu ne veux pas passer une nuit « blanche », comme ils disaient !

Trois

Premier problème : trouver le bon matériel.

En arrivant chez moi, j'ai demandé à mon père s'il pouvait me produire un lit par synthèse. Tout de suite, il a pris un air grave et m'a fait asseoir.

— Seize ans, c'est trop tôt pour avoir un lit dans ta chambre, Kieran. Souviens-toi, la dernière fois qu'on en a parlé… Une petite modification de ton biocorps et ces envies te passeront, tu verras.

— Ce n'est pas ça, papa !

— Comment s'appelait cette fille qui t'obsédait l'été dernier ? Chrissy, non ?

— Christine. Mais ça n'a rien à voir avec les filles. C'est pour un projet au lycée.

Il a éclaté de rire de façon très embarrassante, allant même jusqu'à se taper sur la cuisse.

— Bien essayé, fiston !

— Je suis sérieux. C'est pour mon cours de fléaux.

J'ai commencé à lui expliquer mon projet, mais, comme d'habitude, le cerveau de mon père a bogué. À son époque, les cours de fléaux n'existaient pas et il n'a jamais compris pourquoi je m'intéressais à une matière qui n'était pas notée.

Mon charabia explicatif terminé, mon père a retrouvé son sérieux.

— Alors, Kieran, dis-moi comment elle s'appelle ?

Pff ! On tournait en rond ! Heureusement que ma mère n'était pas dans le coin, sinon ça aurait été deux fois plus gênant.

— Laisse tomber, papa.

— Tu es sûr, fiston ? Tu sais que je suis là en cas de besoin...

Affligé par cette discussion, je suis parti m'enfermer dans ma chambre.

Vers minuit, j'ai mis le paquet.

Une pile de parkas n'était pas si inconfortable pour un lit d'appoint. C'était même bien mieux que celui que j'avais construit dans la neige. Affalé au milieu des fibres thermiques, j'ai fermé les yeux pour essayer de ressentir le moindre changement physique.

Ça faisait environ huit heures que Maria avait débranché les nanoparticules qui permettaient à mon corps de ronronner vingt-quatre heures sur vingt-quatre. Pendant les deux prochaines semaines, mes cellules allaient se diviser à l'ancienne dans la journée : décomposition de molécules complexes quand je serais éveillé, et régénération cellulaire pendant les phases de sommeil. Pas aussi efficace que de faire les deux en même temps, mais rien que je ne doive contrôler consciemment. Même Mickey le hamster en serait capable.

J'ai assombri la pièce pour que ça ressemble à la nuit, et je suis resté allongé les yeux fermés, dans l'attente d'un quelconque changement.

D'après les infos fournies par l'Espace Mental, il existait cinq phases de sommeil. Phase 1, rien de compliqué : on ressentait un peu la même chose qu'après une séance de relaxe-méninges, quand tout est flou pendant quelques minutes. En phase 2, dormir ressemblait exactement à ce qu'on voyait dans les vieux films : on était allongé et inconscient, comme après une opération ou un coup sur la tête. En moyenne, c'était là qu'on perdait le plus de temps ; mais l'avantage, c'est qu'on ne s'ennuyait pas.

Je n'étais pas pressé de passer à la phase 3, qui se caractérisait par de drôles d'interruptions comme le somnambulisme, la somniloquie, les terreurs nocturnes et un truc appelé « énurésie » (ne cherchez pas). Heureusement, en général ce cycle ne durait pas longtemps et on passait très vite aux phases 4 et 5, dont je ne connaissais pas encore tous les détails, loin de là. Ce soir, j'espérais juste atteindre la phase 1.

Alors j'ai attendu encore un peu.

Et un peu plus...

Je ne dirais pas qu'il ne s'est *rien* passé. J'ai pensé à un tas de trucs : mes vers pour *Hamlet*, la maladresse de mon père, Barefoot Tillman en maillot de bain, Mickey le hamster, le fait que Maria Borsotti pourrait être mignonne si elle n'était pas aussi fayote. Mais je n'ai pas vraiment dormi. J'avais tellement de choses en tête, je ne pouvais pas être « inconscient ». Au contraire. Tout à coup, j'ai pris justement conscience du moindre bruit dans la pièce, de chaque souci dans ma tête, et surtout des démangeaisons et des crampes qui assaillaient mon corps immobile.

Je n'étais pas censé bouger, mais mes muscles exigeaient sans cesse des ajustements ici et là. Au bout d'une heure, entortillé dans les parkas, j'ai fini par en balancer la moitié à travers la pièce (d'où l'expression « tourner et se retourner dans son lit », peut-être ?). Pour moi, je n'avais pas eu la moindre absence pendant tout ce temps, mais c'est là que j'ai commencé à m'interroger : comment est-ce qu'on peut savoir qu'on est inconscient puisqu'on n'a pas conscience de savoir quoi que ce soit ? Une question qui en a appelé plein d'autres, par dizaines, et qui m'a fait tourner la tête.

Finalement, je me suis relevé : peu importe que je redouble le cours de fléaux, pourvu que j'échappe à l'ennui pesant et étouffant de ces fichues insomnies.

Et voilà : trois heures s'étaient presque écoulées !

Ça ne m'avait pas paru si long. Peut-être parce que je n'étais jamais resté inactif aussi longtemps et que je ne pouvais donc pas faire de comparaison ? À moins qu'il n'y ait eu un minuscule laps de temps manquant dans toute cette agitation… une toute petite fraction de sommeil ?

Si c'était le cas, je trouvais ça plutôt cool, un peu comme un voyage dans le temps mais en moins bien. J'avais le cerveau un peu embrouillé, toutefois je savais qu'un petit coup de vent polaire me remettrait les idées en place. Une fois ma combinaison thermique enfilée, je me suis mis en route vers le téléporteur avec l'idée que, finalement, ce projet n'était peut-être pas si absurde.

Ce n'est que plus tard dans la journée que j'ai vraiment commencé à me sentir bizarre.

QUATRE

Kieran Black avait une sale tête. Une tête couverte de glaçons.

— Tu te sens bien ?

Il a frissonné un peu.

— Ça va, Maria. Je viens de rentrer de la station d'Amundsen-Scott. C'est au pôle Sud.

— Sans blague, Kieran.

J'ai tendu la main entre nos tables pour lui enlever un morceau de glaçon cramponné à ses cheveux. Ça m'a fait l'effet d'un petit bisou glacé sur les doigts, qui a ensuite fondu dans ma paume.

— Il s'est passé un truc étrange, a-t-il dit. J'étais en train de lisser la façade de mon igloo avec un chalumeau quand j'ai commencé à me sentir tout drôle. Alors je me suis assis dans la neige, ce qui est vraiment déconseillé en hiver, j'ai un peu perdu la notion du temps... et soudain mon biocorps a provoqué des engelures pour m'avertir.

— Tu veux dire que tu t'es *déjà* endormi ?

Son hochement de tête m'a arraché un soupir. Même Kieran Black avait une longueur d'avance sur moi. Je n'avais encore rien ressenti, à part peut-être plus d'agacement que d'habitude vis-à-vis de ma mère ce matin (elle s'était mis en tête de critiquer ma tenue sous toutes les coutures. Comme si je n'avais jamais été d'humeur à m'habiller tout en noir !).

— Je ne sais pas trop, a répondu Kieran.

Un morceau luisant de combinaison thermique qui dépassait de son col de chemise émettait de la chaleur comme s'il avait oublié de l'éteindre ; les glaçons dans ses cheveux fondaient à vue d'œil.

— Ce qui est sûr, c'est que je n'ai pas beaucoup dormi la nuit dernière.

— Mais un peu quand même ? C'était comment ?

— Je ne peux pas te dire...

Il a cligné des yeux.

— Je pense que, quand on dort, on ne le sait pas. C'est assez incomparable...

Moi qui pensais que ce projet rendrait Kieran Black plus intéressant... Visiblement, il devenait juste plus long à la détente.

J'ai entamé quelques recherches pour vérifier si c'était normal, mais à peine était-il apparu que l'Espace Mental s'est effacé pour laisser place à la réalité.

Le cours de fléaux commençait.

— Alors, comment s'est passée cette première journée ? a demandé Solomon.

— Il faut que je change de projet, monsieur ! s'est écriée Lao. C'est trop dangereux !

Elle avait pris la parole sans lever la main ; une attitude que Solomon réprouvait en temps normal, mais pas aujourd'hui.

Il a croisé calmement les mains, comme s'il s'attendait à nos réclamations.

— Dangereux, vous dites ?

— Carrément !

Lao s'est agrippée aux rebords de sa table.

— J'ai pris cette espèce de bateau ce matin, mais l'océan était déchaîné !

— Feriez-vous allusion aux « vagues », mademoiselle Wrigley ?

Barefoot Tillman, qui se vantait toujours de ses stupides trophées de surf, a pouffé. J'ai souri à Kieran, mais il n'a pas réagi.

L'expression de son visage était étrangement paisible, et, quand les derniers glaçons ont fondu dans ses cheveux, que les gouttes ont coulé le long de ses joues et sous sa chemise, il n'a pas bougé. Ça m'a donné des sueurs… mais chaudes, pas froides.

En voilà une sensation intéressante…

— Eh oui, l'océan fait des vagues, expliquait patiemment Solomon. Mais les navires sont conçus pour les affronter. Je suis sûr que vous ne craignez rien.

Lao a secoué la tête.

— Dans ce cas, si les bateaux sont si sûrs, pourquoi est-ce qu'il existe un mot pour dire qu'ils se retournent ?

— Pardon ?

— « Chavirer », monsieur Solomon ! C'est un mot spécifique à la marine pour parler d'un bateau qui se retourne sur lui-même. Je n'ai pas trouvé un seul mot spécifique dans l'Espace Mental pour parler d'un train qui se retourne ! Ni des voitures ou des aéroglisseurs d'ailleurs. C'est juste pour les bateaux ! Vous vous rendez compte ?

— Mademoiselle Wrigley, je doute fort que votre cargo puisse chavirer…

— Mais c'est horrible !

Elle a enfoui la tête dans ses mains.

— En plus je me suis trompée dans les calculs.

— Quels calculs ?

— Il se trouve qu'aller *et* retour, ça prend quatre heures, pas deux !

Un petit sourire a agité les lèvres de Solomon.

— Évidemment, mademoiselle Wrigley ! Vous aviez oublié le retour ?

Je dois admettre que ces deux heures supplémentaires m'auraient échappé aussi. Il ne m'avait jamais fallu plus de cinq secondes pour aller n'importe où dans le monde. Même Mars n'était qu'à trois minutes de téléportation.

Lao a relevé la tête, la gorge serrée ; sa peau était plus pâle que d'habitude.

— Quatre heures chaque jour ! J'ai essayé de lire trois pages ce matin, mais je me suis sentie toute bizarre à cause des vagues !

— Ah...

Solomon a hoché la tête.

— Je crois que vous souffrez de ce qui s'appelait « le mal de mer », a-t-il dit en gloussant. Jetez un œil à l'Espace Mental après le cours, vous trouverez sûrement quelques vieux remèdes. Après tout, votre projet ne présente pas de restrictions médicales. En revanche, un trajet comprend un aller et un retour : on n'y peut rien, c'est comme ça. Je crains que vous n'ayez pas le choix ! Bon, et les autres ?

Des mains se sont levées pendant je continuais à observer Lao. Maintenant que j'y regardais de plus près, je trouvais qu'elle avait vraiment un drôle de teint. Mi-bleu, mi-vert, comme la mer justement.

Barefoot a levé la main.

— Mon rhume se passe très bien. J'adore la voix que ça me donne !

Effectivement, Barefoot avait une voix plus grave que d'habitude, comme un léger grognement. Ça ! Pour s'approprier un projet qui la rende encore plus sexy, Barefoot était une pro.

Au moins, aujourd'hui, Kieran n'avait pas les yeux rivés sur elle. Son regard semblait plutôt perdu dans les profondeurs du tableau noir.

— Monsieur Solomon ? ai-je dit en levant la main. Je crois que Kieran ne se sent pas très bien.

En entendant son nom, Kieran est sorti de sa torpeur et m'a lancé un regard furieux.

— Mais non, ça va !

— C'était juste pour vérifier, l'ai-je gentiment taquiné.

— À mon avis, Kieran ne se sent pas dans son état habituel, a dit Solomon. Le terme technique est « somnolent », me semble-t-il. D'ailleurs, au fil de vos projets, vous allez tous vous sentir très différents. Ce n'est que le premier jour... Alors cessez de ronger votre manche, Sho !

— Mais ce n'est pas de la nourriture !

— Non, mais c'est agaçant.

Solomon a soupiré en se tournant vers Lao. Elle s'était mise à faire des bruits de gorge bizarres, et son teint était maintenant aussi vert que des récifs.

J'ai baissé les yeux vers les pages vierges de mon cahier, enroulant les doigts autour de mon stylo.

Aussi vert que des récifs. Les mots semblaient frêles et délicats sous ma main fluette. Dire que j'avais passé tout ce temps à apprendre à écrire et que j'avais à peine griffonné trois notes ce semestre... Subitement, j'avais très envie de noircir la surface blanche du papier.

Lao a eu un haut-le-cœur bruyant.

— Bien ! Pour cause de mal de mer intempestif, nous allons terminer plus tôt, a annoncé Solomon. Lao, venez avec moi au département de biologie. Quant aux autres, tâchez de profiter de ce temps libre pour réfléchir à vos projets. Prenez note des changements qui s'opèrent en vous.

À ces mots, j'ai souri.

Les changements qui s'opèrent en moi...

J'en avais des notes à prendre.

CINQ

Foutu projet.

Non seulement je perdais trois heures par jour, mais en plus j'avais la tête dans le brouillard le reste de la journée. Toute la semaine, j'étais passé d'un cours à l'autre en traînant les pieds comme un des zombies des jeux virtuels de Sho. Du jour au lendemain, j'oubliais tous mes vers d'*Hamlet*. J'avais essayé d'expliquer à Mme Parker que c'était entièrement la faute de Solomon ; mais, pour elle, ce n'était pas une excuse puisque autrefois les acteurs dormaient tous les soirs.

Oui, mais eux ils savaient comment faire !

Donc à minuit, je me suis retrouvé à contempler mon lit de fortune, comme d'habitude tiraillé par divers sentiments. D'un côté, les parkas toutes chiffonnées me donnaient envie d'étrangler Solomon avec une manche de laine polaire ; de l'autre, sans que je sache pourquoi, je trouvais cette pile merveilleuse. Je n'avais qu'une envie : m'allonger dessus pour laisser libre cours à ce tournis qui me submergeait.

Peut-être que ce soir ça marcherait.

Je me suis effondré sur le tas moelleux, la tête la première dans le col d'une fausse fourrure. Sous le souffle de ma bouche, les poils se sont ébouriffés. Une fois l'obscurité demandée, le silence s'est installé dans la pièce…

Le carillon d'une communication a soudain rompu le charme.

— Oui… ?

— C'est moi, a dit la voix de Maria. Je peux passer ?

— Ce n'est pas l'idéal, là.

— On dirait que tu… Oh, zut ! Je n'avais pas vu l'heure. Tu dormais ?

— Pas encore, ai-je murmuré. Du moins, j'en suis peut-être à la phase 1.

— Désolée, a-t-elle chuchoté sans raccrocher.

Sa respiration flottait dans l'air de manière imperceptible et apaisante.

Tous les deux réunis dans ce silence, c'était une sensation étrange.

— Je pense que ça va aller mieux cette nuit. Mais bon, je disais aussi ça hier.

— Hm-hm. Et ton lit, il est confortable ?

— Ben…

Je n'avais pas envie de raconter à Maria la discussion avec mon père.

— Je n'ai pas encore résolu la question. Pour l'instant, je dors sur une pile de parkas.

— Sans lit !?

Son rire nerveux a traversé la pièce.

— J'espère au moins que tu as mis un pyjama.

— Un quoi ?

Elle a ri plus fort.

— Tu n'es pas censé dormir tout habillé, idiot ! Les anciens avaient une tenue spécifique pour la nuit. Il y avait des dessins apaisants dessus. Pas étonnant que ça ne marche pas.

— À mon avis, ce n'est pas le problème, ai-je marmonné.

— Cela dit, tout le monde ne portait pas de pyjama. Certains se glissaient tout nus sous les trucs en drap.

— Ah ! Là je comprends.

D'un coup sec, j'ai tiré ma chemise par-dessus ma tête pour l'enlever. Effectivement, c'était plus confortable. Donc j'ai aussi envoyé valser mes chaussures avant d'enlever mon pantalon en me tortillant.

— C'est nettement mieux.

— Ne me dis pas que tu viens de... ?

Maria a retenu son souffle.

— Si. Merci pour l'idée !

Je me suis installé sur la pile, la peau caressée par la laine et les fibres en Thermolactyl.

— C'est drôle, cette obscurité. J'ai l'impression de devenir léger comme l'air.

— *Léger comme l'air dans l'obscurité*, a lentement répété Maria.

Derrière mes paupières, le vide s'était épaissi ; un poids s'abattait sur moi, évinçant peu à peu le feu roulant de mes pensées.

— C'est vraiment étrange... comme si le monde s'effaçait.

— *Un monde effacé...*

— Qu'est-ce que tu fais, Maria ?

— Rien, je prends juste quelques notes. Je tiens une sorte de journal de mon projet.

— Ça, ça va plaire à Solomon.

— Ce n'est pas pour lui que je le fais. C'est pour moi. Je te lis un passage ?

J'ai dû répondre par un grognement, car Maria s'est mise à me faire la lecture. C'était plus décousu qu'un simple journal intime. On aurait plutôt dit des extraits de conversations, des mots qui se répétaient et s'enchevêtraient sans jamais former de sens. Des phrases absurdes et apaisantes, comme des nuages de paroles à la dérive.

Mais, quel que fût le texte, le son de sa voix faisait merveille. Envoûté, j'ai laissé l'obscurité m'emporter vers la phase 2, puis le monde s'est évaporé. Il va sans dire que les phases 3 et 4 se sont enchaînées sans problème.

Et, plus tard dans la nuit, cette fois pour de bon, j'ai sombré dans la phase 5... et rêvé.

Six

Je suis restée un long moment à écouter Kieran respirer pendant qu'il dormait.

Moi-même je me sentais bizarre, la peau hypersensible à mes vêtements moulants et au moindre courant d'air. Pendant notre conversation, j'avais tamisé la lumière pour mieux m'imaginer la chambre de Kieran, et l'obscurité était désormais palpable, comme un élément physique.

Entre mes mains, les pages blanches de mon cahier luisaient, toujours plus avides d'attention. À croire que le papier était devenu assoiffé de mots au fil de ma lecture.

En particulier parce que je lisais à voix haute à un garçon nu presque endormi.

Je l'imaginais dans sa pile de manteaux matelassés, vulnérable et parfaitement immobile. Ça me rendait dingue qu'il soit aussi loin, hors d'atteinte de ma peau endolorie. Cependant, l'absence de matérialité avait quelque chose d'intense, comme si la distance amplifiait nos rapports.

À présent mes hormones bouillonnaient, elles faisaient étalage de leur force. Mais ce déséquilibre n'était pas ce que j'attendais ; il n'y avait ni crises de folie, ni révélations époustouflantes. C'était, pour ainsi dire, aussi subtil que les élans de désir qui oscillaient au rythme de la respiration de Kieran.

Je me suis remise à griffonner pour essayer de déverser sur le papier la tension pesante qui m'envahissait. À mesure que les mots affluaient, un grondement s'est élevé autour de moi. Il m'a fallu une éternité pour me rendre compte que ce bruit ne sortait pas de mon imagination mais venait de la fenêtre. La pluie tambourinait contre la vitre, voilant les lumières des autres tours.

D'un bond, je me suis levée pour aller poser les mains contre le carreau, pour sentir le froid et la condensation, et tout à coup j'ai eu envie de sortir. De sortir sous la pluie. Les héroïnes qui se languissaient d'amour faisaient toujours ça dans les vieux récits : elles se précipitaient dehors pour hurler leur tristesse (ensuite elles tombaient malades et échappaient de peu à la mort, mais je pourrais faire l'impasse là-dessus).

J'ai contemplé cette pluie torrentielle en soupirant...

L'appartement de ma mère ne ressemblait pas à la maison traditionnelle qu'on habitait lorsque mon père était encore vivant. Les tours étaient dépourvues de portes ; on y accédait par téléporteur. Les jardins et les pelouses qui nous entouraient étaient là uniquement pour le plaisir des yeux, et les montagnes au loin étaient un espace vert national, interdit et protégé.

Vous parlez d'un monde parfait.

J'avais beau faire glisser mes ongles sur les bords de la fenêtre, je ne trouvais ni boutons à enclencher, ni loquet, ni verrou. Tout ce que je voulais, c'était sentir la pluie sur mes mains ! Mais des fenêtres qui s'ouvraient, c'était bien trop dangereux.

Mon corps était en ébullition ; mes hormones avaient flairé la liberté. Mon sang se sentait prisonnier. Et, comme si ça ne suffisait pas, j'entendais encore la respiration de Kieran Black : la communication était toujours en cours.

C'était comme s'il était en moi, comme si son souffle lent

accaparait mon esprit et que nous étions liés par une force invisible et ancestrale.

Assise par terre avec mon cahier et mon stylo, je me suis mise à fendre le papier d'un trait agile.

Dans cette tour sans porte,

Ma peau affamée palpite,

Comme son souffle dans ma tête,

Si proche et pourtant...

— C'est pas vrai ! me suis-je écriée en fixant les lignes écrites en forme de strophe.

Ce n'était plus un journal de bord que j'écrivais... c'était de la poésie !

Il fallait que je sorte d'ici. Sous la pluie et à l'air frais. Attrapant ma veste, je suis partie à toute vitesse vers le téléporteur en cherchant dans l'Espace Mental un endroit sur terre, n'importe lequel, où il pleuvait. L'Observatoire Climatologique m'a indiqué qu'il pleuvait à verse à Paris, qu'il crachinait à Delhi et qu'une mousson contournait Madras ; toutes ces villes étaient à cinq secondes.

Mais, une fois à l'intérieur du téléporteur, j'ai hésité : ce n'était pas la solution de parcourir dix mille kilomètres. Cette pluie, je voulais la sentir *ici*, de l'autre côté de la fenêtre.

C'est là que j'ai souri : quand j'ai aperçu le panneau d'évacuation d'incendie au mur (un ensemble de schémas et de consignes à suivre en cas de panne de téléporteur).

— La salle du toit ! ai-je ordonné à la machine pour m'épargner trente volées d'escalier de secours.

L'immense pièce est apparue en un clin d'œil ; déserte bien sûr. À travers les baies vitrées, excepté des filets de pluie dissimulant les montagnes sombres au loin, on ne voyait rien. Dans le ciel, les étoiles étaient balayées et la Lune formait une masse indistincte...

Une masse indistincte ? Génial. Maintenant j'écrivais et je pensais en vers.

D'un coup d'œil, j'ai cherché la veilleuse rouge de la sortie de secours en ramenant ma veste sur mes épaules. L'orage était assourdissant là-haut, la pluie chassée par des vents de haute altitude.

« SORTIE RÉSERVÉE À L'ÉVACUATION », signalait la porte sans autre forme de poésie.

J'ai posé les mains contre la froide surface métallique en me mordant la lèvre dans un dernier moment d'hésitation, paniquée à l'idée de violer le règlement.

« Fayote », ai-je pensé. C'était l'image que Kieran Black avait de moi, avec mon cahier et mon stylo préhistoriques, griffonnant des notes pour impressionner Solomon.

Mais voilà : l'issue de ce monde parfaitement absurde était en face de moi. Une porte d'accès aux malheurs et aux conflits, destinée aux situations de crise...

En s'ouvrant, la lourde porte a émis un crissement qui m'a transpercé les oreilles. Un escalier miteux, auréolé de lumières crues et vacillantes, conduisait au toit. Une voix préenregistrée a sonné l'alarme en me demandant la nature de l'urgence mais, sans en tenir compte, je me suis élancée dans l'escalier. Deux étages plus haut, une autre porte est apparue, couverte d'autocollants dissuasifs contre les vents violents, les températures basses, l'absence de balustrade et de filtre anti-UV, source de cancer – en somme, contre tous les dangers incontrôlables du monde extérieur.

J'ai poussé la porte avec précaution, mais le vent s'est engouffré à l'intérieur et l'a ouverte d'un coup sec dans un fracas de métal. La pluie s'est déversée à flots sur moi. Je suis restée figée par le froid et la peur ; l'obscurité débordait de toutes parts, trop vaste et trop violente. Puis, poussée par cette voix impassible et exaspérante qui continuait à me demander où était le feu, je suis sortie sous l'orage.

Le vent devenait plus fort à chacun de mes pas. À quelques mètres de la porte, il a emporté la veste posée sur mes épaules. Des gouttes à moitié gelées striaient le ciel noir et ravageaient mon visage et mes bras dénudés.

Les mains tendues pour sentir la pluie tambouriner sur mes paumes, j'ai ouvert la bouche en riant pour m'enivrer de cette eau glacée, regrettant que Kieran Black ne soit pas à mes côtés.

Deux minutes plus tard, la sécurité a fait irruption sur le toit et m'a ramenée chez moi.

Sept

— Soyez plus tragique ! a crié Mme Parker.

Tout le monde s'est tourné en laissant retomber son épée. Ça faisait des heures qu'on répétait cette scène pour essayer de bien la caler. Tout ça à cause de Shakespeare en somme ; si vous croyez que c'est facile d'intervertir « par hasard » deux épées au beau milieu d'un duel… non mais sans rire.

La prétendue armée qui attendait en coulisse s'impatientait. Chaque fois qu'elle s'apprêtait à faire son entrée sous des salves guerrières, Mme Parker nous coupait pour se plaindre du manque de tragique. Dommage que personne n'ait choisi la mort par empoisonnement comme sujet de fléaux : on aurait pu avoir une démonstration…

— Bon, on fait une pause, a fini par dire la prof, dépitée.

Tous ont pris la direction du foyer des acteurs ou de la salle des téléporteurs, tandis que je rengainais mon épée et quittais la scène pour rejoindre les rangées de sièges vides. Là, le silence a été un soulagement après les trous de mémoire, les ajustements scéniques improbables et les exigences *tragiques* de Mme Parker.

Je me suis assis au dernier rang, à quelques sièges de l'allée centrale, et j'ai basculé la tête en arrière. Machinalement, mes yeux se sont fermés et j'ai senti l'obscurité apaisante m'envelopper.

Dormir, en fin de compte, c'était génial. Je faisais désormais des nuits de six heures, sans compter les siestes. Ce temps perdu faisait dégringoler mes notes, mais j'adorais m'évader dans l'oubli et l'accomplissement.

Quant au prince barjo, il avait eu tort de s'inquiéter : la phase 5 du sommeil n'était pas du tout un obstacle. Elle contenait tout le tragique qui faisait défaut à notre mise en scène, et j'étais sincèrement accro.

Depuis ma vraie première nuit, Maria me faisait la lecture tous les soirs. En fait, c'était une coutume : autrefois, on appelait ça « lire une histoire avant de s'endormir » d'après Maria. Même si son journal ne contenait que des phrases décousues, des histoires se tissaient dans mon esprit et le son de sa voix donnait naissance au rêve.

Le fait d'utiliser le mot « rêve » pour définir la phase 5 me donnait l'impression de parler la vieille langue de Shakespeare. Ce terme avait disparu en même temps que le sommeil. De nos jours, les gens « rêvaient » seulement d'avoir une maison plus grande ou de devenir célèbres.

Je n'arrêtais pas de me demander dans quelle mesure les deux sens du mot étaient liés. Est-ce que je désirais vraiment tout ce que je voyais pendant le sommeil paradoxal ? Devais-je prendre le risque de concrétiser ce dont je rêvais ou valait-il mieux garder tout ça bien au chaud dans mes rêves ?

— Kieran ? a chuchoté une voix derrière moi.

J'ai rouvert les yeux en sursautant.

— Ça va ? a doucement demandé Maria.

— Désolé, ai-je dit en clignant des yeux, sans savoir si j'étais encore en train de rêver. Je faisais juste un petit somme.

— C'est super !

Son sourire étincelait sous les projecteurs de la scène.

— Et comment va notre acteur ?

— Il n'est pas assez tragique, d'après Mme Parker. Je ne sais pas ce qu'il lui faudrait, à part un ouragan et des arbres déracinés.

— Oh… ce serait drôle, un ouragan, a-t-elle soupiré à voix basse.

J'ai souri. Maria m'avait raconté son expédition sur le toit, son joyeux délire sous la pluie et l'avidité de sa peau ; tout ça s'était immiscé dans mes rêves.

Elle s'est penchée vers moi, posant son souffle dans mon cou.

— J'ai une question à te poser.

— On n'est pas obligés de chuchoter, tu sais. C'est la pause.

— Oui, mais j'aime bien. Ça rend les choses… plus intenses.

Un frisson m'a traversé.

— À ce propos…

Maria s'est tournée vers la scène déserte, où les lumières alternaient d'une palette à l'autre entre le rouge du duel sanglant et le bleu du monologue.

— Ce soir, quand je te ferai la lecture… ce serait bien que je sois là. Ce serait plus intense, justement.

Je voyais très bien où elle voulait en venir, évidemment. Je m'étais même posé la question cinq minutes plus tôt. Mais je ne savais pas trop comment passer du rêve à la réalité sans rompre la magie ou, à l'inverse, sans la laisser prendre des proportions démentes.

La vérité, c'est que Maria me faisait un peu peur ces derniers temps.

Son regard était devenu plus pétillant à mesure que son projet avançait. Dans la pénombre de l'amphithéâtre, elle semblait prête à piquer une de ces crises de folie auxquelles elle tenait tant. Surtout si je disais un mot de travers.

— J'adore que tu me fasses la lecture, Maria. J'aime ta voix et, à mon avis, je n'arriverais pas à m'endormir sans elle, mais...

— Mais tu n'aimes que ma voix, c'est ça ?

— Non !

Mes rêves ne se contentaient pas de sa voix. Des images m'ont soudain traversé l'esprit, aussi vives que le souvenir d'événements réels. Mais comment lui avouer ?

— Parfois, on fait des rêves étranges, tu sais.

Je l'entendais retenir son souffle dans l'obscurité.

— Depuis quand est-ce que tu t'es mis à rêver ? a-t-elle demandé, stupéfaite.

— Depuis le premier soir où tu m'as fait la lecture.

— Et tu ne m'as rien dit ?

— Disons que c'est un peu gênant.

Elle s'est penchée davantage, les yeux fous de rage.

— Qu'est-ce qui est gênant ?

Je me suis tortillé sur le siège rigide pendant que mon cerveau repoussait cette collision entre rêve et réalité. Durant la phase 5, nos yeux sont pris de mouvements convulsifs, nos mains tremblent, et chaque matin je me réveille le visage couvert de bave. Est-ce qu'elle comprendrait ça ?

On en était à la deuxième semaine, et tous les projets prenaient des tournures bizarres. Le rhume de Barefoot Tillman avait empiré. Elle avait les yeux rouges et bouffis, et une drôle de matière visqueuse coulait de son nez, ce qui l'obligeait à se trimballer en permanence avec des mouchoirs en papier pour l'essuyer. Même Dan Stratovaria l'évitait, lui qui avait les yeux laiteux et la peau criblée de veines blanches. Il était devenu aveugle pendant le week-end, mais il avait appris à éviter la voix de canard de Barefoot.

— O.K., je te raconte. Mais, je te préviens, c'est tordu.

— Dans quel sens ?

J'ai senti ma gorge se serrer. Est-ce que je voulais vraiment lui parler de ma bave ?

— Tu sais, Barefoot Tillman...

— Quoi Barefoot ? Ne me dis pas que tu rêves d'elle ?

— Mais non !

— Donc, en fait, tu m'utilises ? a dit Maria. Je te rappelle que c'est au son de ma voix que tu t'endors tous les soirs !

Un cri s'est échappé de ses lèvres avant de traverser l'amphithéâtre.

— Et je suis *quoi,* moi, dans tout ça ? Un Cyrano de Bergerac pour bimbo ?

— Pas du tout ! Cyrano qui, tu dis ?

— Espèce d'illettré ! Pour un mec soi-disant asocial, plutôt minable, ton excuse ! Je n'arrive pas à le croire !

Elle a bondi de son siège et elle est partie comme une furie dans l'allée centrale.

— Maria, attends ! Ce n'est pas...

— Salut Kieran ! Et dors bien ! a-t-elle crié depuis la sortie.

La porte s'est refermée violemment derrière elle, déclenchant un énorme écho à travers la salle silencieuse. C'est en retombant sur mon siège que j'ai réalisé que les rôles – ou plutôt la scène et le public – s'étaient inversés : les acteurs et l'équipe technique me fixaient, les yeux écarquillés et bouche bée.

J'ai penché la tête en arrière dans l'espoir d'être, là encore, en train de rêver.

Quelques secondes de silence, puis deux mains isolées se sont mises à applaudir lentement. C'était Mme Parker, juchée au bord de la scène, qui applaudissait, tout sourire.

— Prenez-en de la graine, jeunes gens, a-t-elle déclaré. *Ça*, c'était tragique !

HUIT

Il était presque minuit et Kieran n'avait toujours pas appelé.

L'eau du bain murmurait sous mon nez ; enveloppée dans sa chaleur, ma peau affamée parvenait à peine à se calmer. Les yeux fermés, j'ai enfoncé la tête sous le grondement de l'eau pour ne plus entendre ce silence pesant.

J'étais encore sous le choc de ce qu'il avait fait : voler mes poèmes pour rêver de Barefoot ! Sans compter que, en plus d'être un escroc, c'était un lâche d'avoir dissimulé sa trahison dans son subconscient.

N'empêche qu'il n'avait toujours pas appelé.

Peut-être qu'il n'y avait rien d'autre entre nous que le silence...

La tête sous l'eau, j'ai retenu ma respiration en imaginant la tête de Kieran si on lui annonçait que j'étais morte noyée. Vu ma colère dans l'amphithéâtre, tout le monde comprendrait qu'il m'avait anéantie avec ses sales petits rêves. Je m'imaginais le monde entier apprenant la nouvelle : mes poèmes seraient découverts et diffusés à titre posthume dans l'Espace Mental, en même temps que des comparaisons cruelles entre mon masque mortuaire angélique et le visage bouffi et plein de morve de Barefoot Tillman.

J'ai continué à fantasmer, tandis que le manque d'oxygène commençait à semer la confusion dans mon cerveau et à faire battre mon cœur de plus en plus fort…

… jusqu'à ce que mon biocorps me pousse à sortir la tête de l'eau en crachotant pour reprendre haleine.

— Ça va, je faisais juste semblant, ai-je grommelé entre deux halètements. Quelle galère, ce monde parfait !

J'ai replongé les épaules dans l'eau, l'estomac noué par le souvenir de mon délire dans l'amphithéâtre. Toutes les fois où j'avais imaginé les émotions d'antan me faire perdre les pédales, la crise de folie avait eu lieu dans la lande écossaise, sur un balcon ou dans un boudoir richement décoré… jamais devant un public !

Apparemment, les pics d'hormones allaient de pair avec l'humiliation.

J'essayais de me rappeler le pourquoi du comment de cette dispute, à quel instant précis tout avait dérapé. Alors que je partais comme une furie, il avait tenté de me crier quelque chose, mais mon cerveau était trop embrouillé pour entendre ses mots.

Pourtant, j'en avais lu des romans, et les histoires de lettres qui disparaissaient, qui étaient remises trop tard ou à la mauvaise personne ne manquaient pas ; tout comme l'orgueil, les préjugés et les erreurs de jugement qui déchiraient les amants. Qu'est-ce que Kieran avait tenté de me dire ? Ça vaudrait le coup de savoir s'il cherchait à s'excuser, ne serait-ce que pour refuser ses explications.

Minuit a sonné. C'était donc l'heure. Officiellement ; l'heure à laquelle Kieran allait se coucher. Je m'étais mis un réveil depuis le soir où il s'était endormi et où j'avais dansé sous la pluie.

Pourquoi est-ce qu'il n'appelait pas ?

Frustrée, j'ai poussé un grognement en glissant un peu plus dans l'eau. Je m'étais juré de ne pas l'appeler. Un serment que j'avais fait sur ma tête et qui me paraissait tout à coup aussi décisif que la petite voix intérieure de mon biocorps. Si je le rompais, j'en mourrais, à coup sûr.

Plusieurs minutes se sont écoulées. Est-ce qu'il s'était vraiment endormi sans ma voix ce soir ? J'ai continué à pester et à l'imaginer appelant Barefoot pour qu'elle l'emmène au pays des rêves à coups d'éternuements et de reniflements. Tu parles d'une berceuse ! Non, il avait besoin de moi...

Mais pas question que je l'appelle. Une vraie héroïne ne rompt jamais un serment.

Son père a eu l'air surpris de me voir.

— Monsieur Black ? Bonjour, je m'appelle Maria. Je suis une amie de Kieran.

— Ah ?

Il a jeté un œil à la longue robe noire qui moulait ma peau trempée jusqu'aux os et à mes cheveux dégoulinants.

— Je suis en classe de fléaux avec lui. Il faut que je lui parle. *En personne.*

— Ah tiens, en fléaux ?

Une lueur a jailli dans le regard de l'homme.

— Mais oui ! a-t-il dit avec un sourire en coin. Je crois qu'il a parlé de vous.

— C'est vrai ?

— Bon, il n'a pas précisé votre nom...

Il a gloussé.

— ... mais un père remarque ce genre de choses !

— Quelles choses ?

Le père de Kieran m'a fixée d'un air entendu, mais je tenais à contrôler mes émotions.

— Écoutez, je sais qu'il est peut-être en train de dormir. J'aimerais quand même le voir, juste une minute...

— De dormir ?

Il avait prononcé le mot comme si c'était du chinois.

— En fait, il n'est pas là pour l'instant.

Sa réponse m'a intriguée. Il était pourtant minuit…

Soudain, pour mon plus grand bonheur, j'ai compris : il était trop contrarié pour dormir.

— Les fameuses insomnies…

— Pardon ?

— Vous savez où il est ? ai-je demandé brusquement, incapable de me maîtriser.

— Et si on parlait un peu de Kieran ? Vous êtes encore jeunes tous les deux et…

— Où est-il ?

M. Black s'est interrompu, subitement effrayé.

— Vous devriez rentrer chez vous pour vérifier votre biocorps, jeune fille.

Face à mes ronchonnements et à mes petits poings serrés, il a reculé et fait osciller les manteaux accrochés dans l'entrée.

De grosses doudounes blanches avec des cols en fourrure…

Tiens, tiens.

— Il est au pôle Sud, c'est ça ?

— Écoutez, mademoiselle…

J'ai attrapé un des anoraks, puis, sans enlever mes chaussons, j'ai fourré les pieds dans une grande paire de bottes laissées près du téléporteur.

— N'allez pas là-bas ! s'est écrié l'homme. C'est dangereux !

— Dangereux ? ai-je répété en riant. Vous avez devant vous une fille qui se promène sous la tempête, monsieur Black !

Un peu instable dans mes bottes trop grandes, je suis entrée dans le téléporteur.

— Au pôle Sud, s'il vous plaît !

— Station d'Amundsen-Scott ? a demandé la machine.

— C'est ça !

— Attendez ! a dit le père de Kieran, la main levée et tremblante comme s'il voulait m'empêcher de partir.

Mais il venait d'un monde fait de complaisance et d'équilibre hormonal ; un monde que j'avais laissé derrière moi. Il ne fallait pas s'attendre à ce qu'il comprenne pourquoi une cinglée à moitié suicidaire était entrée chez lui de force avant de se mettre en route pour le pôle Sud.

Je lui ai fredonné le premier air qui me passait par la tête, et je me suis volatilisée.

Un soleil pâle brillait bas sur l'horizon. L'endroit était sombre, froid, et blanc surtout.

J'ai serré l'anorak contre moi avant de rabattre la capuche en fausse fourrure sur ma tête. À cette extrémité de la Terre, les parois du téléporteur étaient couvertes de toutes sortes d'avertissements : écarts de température, hypothermie, engelures, mort. Mais les autocollants étaient usés et à moitié décollés, et pour l'instant aucune voix automatisée ne m'avait demandé le but de ma visite. Visiblement, personne ne venait au bout du monde sans y être préparé.

J'ai descendu les petites marches qui menaient à l'extérieur. Les bâtiments étaient construits sur pilotis, comme s'ils craignaient le contact avec la neige. Le vent s'est engouffré sous ma robe et s'est mis à fouetter mes genoux dénudés comme s'ils étaient en feu.

Une femme en combinaison thermique et parka est passée lentement près de moi avant de s'arrêter en me fixant avec des yeux ronds.

— Vous savez où je pourrais trouver Kieran Black ?

En à peine trois mots, j'ai senti ma langue desséchée par le froid.

— Le lycéen ?

Après réflexion, elle m'a indiqué un igloo à une centaine

de mètres avec sa main emmitouflée dans un énorme gant.

— Mais vous ne devriez pas...

Tournant les talons sans l'écouter, j'ai entamé un sinistre défilé devant une rangée de drapeaux plantés dans la glace, vestiges en lambeaux de pays qui n'existaient plus. Ma robe se congelait à mesure que j'avançais, se délestant de l'eau du bain devenue grêlons.

Saisie par le froid, je comprenais enfin pourquoi les héroïnes de mes livres mouraient à force de traîner dehors. À l'époque, il suffisait peut-être d'une pluie glaciale pour les tuer, mais le vent polaire rendait tout ça beaucoup plus plausible. La moindre inspiration me déchiquetait les poumons et j'entendais mes cheveux mouillés craqueler sous la capuche.

Mon biocorps menaçait d'appeler les secours, mais je n'en tenais pas compte : Kieran se vantait toujours de ce que les réponses aux appels d'urgence mettaient plusieurs minutes avant d'arriver jusqu'ici. J'ai continué à avancer péniblement, les yeux plissés, sans perdre de vue l'igloo au loin.

La piste damée a peu à peu laissé place à une épaisse poudreuse montant à hauteur des genoux ; la neige déferlait à l'intérieur de mes bottes et sur mes pieds, instantanément transis. Comme je n'arrêtais pas de trébucher, j'ai finalement sorti les mains de mes poches toutes chaudes pour garder l'équilibre. Si jamais je tombais, mon corps volerait en éclats comme un glaçon qui s'écrase par terre.

Mes pensées devenaient floues, les battements de mon cœur très lents, et le monde sous mes yeux se réduisait au minuscule tunnel que formait ma capuche.

Soudain, une vive étincelle a jeté une brève lueur devant moi...

Une silhouette se déplaçait autour de l'igloo en agitant

une gerbe enflammée sur la surface arrondie de la glace. Mon cerveau engourdi s'est alors souvenu d'une phrase de Kieran à propos d'un chalumeau.

J'ai essayé de l'appeler, mais mes poumons ne faisaient que suçoter les moindres bouffées d'air comme des glaçons vivants. Mon corps continuait à avancer, poussé par le mirage de la braise rougeoyante dans les mains de Kieran.

Le feu était source de chaleur ; je me souvenais d'avoir lu ça dans un bouquin sur la préhistoire, cette époque à laquelle on n'avait pas encore découvert l'Antarctique.

Chancelante, j'ai continué à avancer jusqu'à ce que je sois suffisamment près pour sentir cette chaleur. Les doigts bleutés de mes mains nues se sont tendus spontanément vers la flamme.

Kieran a fini par entendre le bruit de la neige craquant sous mes pas. Il s'est retourné en lâchant un cri de surprise.

— Maria ?! Mais... ?

Le chalumeau lui a glissé des mains ; il a atterri dans la neige et sa flamme s'est éteinte en crachotant.

Je suis tombée à genoux juste à côté en gémissant de déception. Un dernier geste, le bras tendu vers le métal encore luisant... et l'instant d'après j'ai senti les mains de Kieran agripper mes épaules ; je l'aurais étripé de m'avoir arrachée à ce dernier espoir.

À travers le tunnel de ma capuche, j'ai vu mes bottes déraper sur la neige jusqu'à ce que la pâle lumière du soleil se voile. Tout à coup il faisait bon, merveilleusement chaud – peut-être même plus que froid ! Ma capuche était rabaissée, et le visage inquiet et effaré de Kieran me faisait face. Les parois de l'igloo miroitaient sous l'éclairage artificiel.

— Qu'est-ce que tu fabriques ici ?

Il a ôté son masque et son anorak, puis retiré sa combinaison thermique sous mes yeux.

— Tu es dingue ou quoi, Maria ?

Torse nu, il m'a enveloppée dans l'épaisse toile argentée ; ses composants m'ont brûlé la peau comme des charbons ardents, mais c'est à peine si je pouvais hocher la tête et le regarder. J'avais l'impression que, si je clignais des yeux, ils se pulvériseraient.

— Voulais... te voir, ai-je articulé tout bas.

— Je suis vraiment désolé, a-t-il dit. Je n'ai jamais rêvé de Barefoot, pas une fois ! Uniquement de toi, depuis la première nuit !

Sa voix s'est brisée.

— Mais c'était tellement bizarre et incroyable ! Tout le monde dit que les rêves ne représentent pas la réalité. Mais parfois si, tu comprends ?

— Hmm, ai-je répondu, les lèvres complètement gercées.

Pourtant il y en avait des choses à dire !

Mais, au même instant, mon biocorps affolé a intégré que j'étais enfin au chaud et en lieu sûr, et m'a donc consciencieusement assommée pour ne pas risquer de me voir à nouveau congelée.

Foutu monde parfait.

Neuf

— Nous voilà arrivés à la fin de notre petite aventure, a dit Solomon.

Mise en quarantaine, Barefoot Tillman éternuait dans son coin. Elle allait beaucoup mieux depuis deux jours ; son nez ne coulait plus, mais tout le monde continuait à garder ses distances.

— *Gesundheit !* a dit Maria, qui avait cherché quelques vieilles politesses pour le compte de Barefoot.

On s'est souri d'un air complice.

— Avant de retourner à nos vies modernes, j'aimerais que chacun nous fasse part de son expérience.

Le professeur a écarté les bras :

— Qui veut commencer ?

Lao Wrigley a levé la main.

— Moi j'ai le sentiment de m'être rapprochée de mon père.

— Ah, et pourquoi ? s'est étonné Solomon. Parce que vous lui avez demandé de faire tous les jours l'aller-retour en avion pour vous emmener aux Bahamas ?

— La nécessité rend ingénieux ! a répliqué Lao en rejetant ses cheveux en arrière.

— Visez un peu ces abdos ! s'est écrié Sho en se levant au premier rang.

Il s'est tourné face à la classe en soulevant son tee-shirt.
— Je vais peut-être arrêter de manger !
— Ça, j'en doute, a dit Solomon. Pour votre information, ce ne sont pas des muscles mais vos côtes, monsieur Walters. D'autres remarques profondes parmi vous ? Oui, monsieur Stratovaria ?
— Eh bien... j'ai découvert que les parasites, ce n'était vraiment pas drôle, a dit Dan.
— Le point de vue de l'aveugle ! Intéressant... Voilà au moins quelqu'un qui se rend compte de la dureté de cette époque. Ce semestre n'aura peut-être pas servi à rien.
— Sérieusement...
Dan a agité la canne qu'il tenait dans sa main veinée de blanc.
— Ma mère est tellement flippée qu'elle paie le prix fort pour une greffe. Mes nouveaux yeux vont être sensas !
— Formidable, a soupiré le prof. Bien, est-ce que les deux tourtereaux qui se tiennent la main au fond veulent bien nous donner leur opinion ?
Sans se lâcher, on s'est écartés un peu en voyant tout le monde se tourner vers nous ; ils étaient encore sous le choc de nous voir ensemble. Mes copains reprochaient à William Shakespeare de m'avoir transformé en fayot. Parfois, ils roulaient des yeux ronds quand ils entendaient la vieille prose que je baragouinais.
Mais l'origine de ce changement était plus primitive qu'ils ne le pensaient. La poésie n'avait aucune influence sur mon subconscient.
Maria a répondu la première.
— Contrairement à ce que je croyais, monsieur, j'ai appris que les héroïnes d'autrefois étaient loin d'être des mauviettes. En fait, on peut vraiment mourir à force de traîner dans le froid. Surtout quand on est trempé.
De sa main libre, elle a montré sur sa joue gauche une

marque d'engelure qui faisait comme un œil au beurre noir mal placé. Sa mère lui avait fait promettre de subir très vite une greffe de peau, mais, en attendant, Maria en profitait à fond.

— Fascinant, a commenté Solomon. Cela dit, ça n'a pas grand-chose à voir avec votre projet initial, du moins pas autant que je l'aurais espéré.

— Ah si, monsieur ! a répliqué Maria. Je vous assure que déséquilibre hormonal et hypothermie, ça va de pair !

— Je vois. Et vous, monsieur Black ? Qu'avez-vous à nous apprendre sur la logique du sommeil ?

Bonne question. J'ai pris une profonde inspiration en songeant à ce que j'allais bien pouvoir faire à la fin de la journée. Maintenant que les projets de fin d'année étaient finis, je pouvais réinitialiser mon biocorps et rallumer toutes ces petites particules qui synchroniseraient à nouveau mes processus métaboliques. Autrement dit, je n'aurais plus jamais besoin de dormir.

Est-ce que je tenais tant à mes rêves ? Ils n'étaient pas si différents de la réalité maintenant que Maria et moi nous étions rapprochés dans le monde réel. Cependant, je restais curieux de savoir ce qu'ils pourraient encore m'apprendre, quelle part de magie serait perdue à jamais si je disais vraiment adieu à la phase 5.

— Je suis content d'avoir essayé, monsieur Solomon.

— Êtes-vous allé jusqu'au sommeil paradoxal ?

— Et comment ! Les rêves, les yeux qui clignent dans tous les sens, la bave au coin de la bouche au réveil : j'ai eu droit à la totale !

Maria m'a lancé un regard entendu. On s'était mis d'accord pour ne pas parler du fait qu'elle aussi avait rêvé, juste une fois ; merci l'hypothermie aiguë et le petit suc soporifique administré par son biocorps. Ni avouer à Solomon que mes hormones s'étaient déréglées comme celles de Maria étant donné que les gadgets organiques des temps modernes n'étaient pas calibrés pour une personne dormant six heures par jour. J'étais devenu dingue au point de me téléporter en plein déluge au Danemark, rien que pour sentir la main de Maria dans la mienne sous la pluie verglaçante.

Nos projets s'étaient chevauchés à bien des égards.

— Et de quoi avez-vous rêvé exactement, monsieur Black ?

Maria m'a serré la main, les ongles plantés dans ma peau.

— De fléaux, monsieur. Guerre, peste, famine... en gros, toutes les adversités exclues de ce monde.

— Vraiment ?

Solomon a froncé les sourcils.

— Dans ce cas, le terme « cauchemar » serait plus approprié. J'imagine que vous êtes soulagé de vivre à notre époque en fin de compte ?

— Évidemment !

J'ai entendu Maria griffonner dans son cahier, enchevêtrant les mots et les images que mes mensonges lui inspiraient. C'est là que j'ai pris une décision : pas de réglage de biocorps cet après-midi. Pas tout de suite.

Le temps pour moi de rêver encore une nuit.

Coup de foudre

Melissa Marr

Note au lecteur

Issue du folklore écossais, la légende des selkies *raconte que des créatures imaginaires incarnées le plus souvent par de superbes jeunes filles revêtent une peau de phoque dans le but de se changer en cet animal marin et de plonger dans la mer. Lorsqu'elle souhaite se rendre sur la terre ferme – ce qu'elle fait toujours la nuit et le plus souvent durant celle de la Saint-Jean –, la créature quitte sa peau. Si un humain découvre ce pelage ensorcelé et le dérobe, la selkie devra lui obéir tant qu'elle ne l'aura pas retrouvé.*

Il existe aussi des selkies mâles ; ils ont une forme humaine particulièrement imposante et possèdent un grand pouvoir de séduction sur les mortelles. Lors de leur séjour hors de l'eau, ils recherchent en particulier les femmes déçues par leur vie amoureuse.

Dérivé de l'anglais seal, selk(ie) *signifie « phoque » en scots.*

La soirée avait beau se dérouler sur la plage, elle était minable. Quelques rares personnes essayaient de jouer de la musique, mais le résultat ressemblait surtout à du bruit : si Alana avait été ivre ou en train de planer, ça aurait été du domaine du tolérable. Mais elle était sobre. Et tendue. D'habitude, la plage était pour elle une source de tranquillité et de plaisir ; un des seuls endroits où elle avait l'impression que le monde n'était pas incroyablement sens dessus dessous. Mais, ce soir, elle était inquiète.

Un type s'assit à côté d'elle, un verre à la main.

— Tu as l'air d'avoir soif.

— Non...

Elle jeta un œil vers lui et détourna le regard aussi vite.

— ... et je ne suis pas intéressée.

Un vrai régal pour les yeux. Mais Alana ne sortait pas avec des mecs canon ; contrairement à sa mère, qu'elle avait vue faire pendant des années. Elle ne suivrait pas cette voie. Jamais. Alors elle préféra fixer son attention sur le chanteur. Un garçon normal, ni attirant ni passionnant. Mignon et gentil, mais pas irrésistible. Le genre de garçon avec lequel elle choisissait de sortir : sûr, provisoire, facile à quitter.

Elle lui sourit. D'une mauvaise interprétation d'un morceau des Beatles, le chanteur passa à une tentative de poème encore plus grotesque… à moins que ce ne fût une reprise du dernier tube emo. Peu importe ce que c'était : Alana allait l'écouter attentivement et ignorer le garçon à dreadlocks torride qui était assis un peu trop près d'elle.

Mais Dreadlocks n'avait pas l'air de percuter.

— Tu as froid ? Attends…

Il jeta à ses pieds un long manteau brun en cuir. Les fêtards autour d'eux trouvèrent son geste complètement absurde.

— Non merci, ça va.

Alana s'écarta un peu en se tournant vers le feu. Des tisons tourbillonnaient et s'envolaient comme des lucioles emportées par la fumée.

— Tu vas avoir froid en rentrant chez toi…

— Laisse-moi tranquille.

Alana ne le regarda même pas. À quoi bon ? La politesse ne marchait pas.

— Écoute, je ne suis ni intéressée, ni une fille facile. Et, dans les deux cas, encore moins du genre à me soûler suffisamment pour l'être.

Il se mit à rire, l'air non pas blessé mais sincèrement amusé.

— Tu es sûre ?

— Lâche-moi.

— Ce serait plus facile comme ça…

Il se rapprocha, s'interposant entre elle et le feu, directement dans sa ligne de mire.

Elle fut obligée de le regarder, pas d'un simple coup d'œil mais *vraiment*. Éclairé par l'éclat conjugué du feu et du clair de lune, il était encore plus beau qu'elle ne le craignait : des cheveux blonds rassemblés en épaisses dreadlocks qui lui arrivaient à la taille ; quelques mèches vertes comme des algues ; et un vieux tee-shirt troué qui laissait entrevoir les abdos les plus fermes qu'elle ait jamais vus.

Il se tenait en équilibre, accroupi sur le sable.

— Même si ça ne contrariait pas Murrin, je serais tenté de te choisir.

Dreadlocks tendit les bras comme s'il s'apprêtait à prendre le visage d'Alana entre ses mains.

Elle recula en crabe, rampant sur le sable jusqu'à ce qu'elle soit enfin hors de sa portée. Puis elle se releva tant bien que mal et glissa une main au fond de son sac, sous ses chaussures et son fouillis de clés. Elle attrapa sa bombe lacrymogène et enleva le cran de sûreté, mais sans la sortir tout de suite. D'un point de vue logique, elle réagissait de manière excessive : il y avait du monde ; elle n'avait rien à craindre ici. Mais quelque chose clochait chez ce garçon.

— Ne t'approche pas, dit-elle.

Il ne bougea pas.

— Tu es sûre ? Ce serait vraiment plus facile pour toi de cette façon...

Elle dégaina la bombe lacrymogène.

— Comme tu voudras, ma belle. Mais ce sera pire quand Murrin te trouvera.

Dreadlocks marqua un temps d'arrêt, comme si elle allait dire quelque chose ou changer d'avis.

Mais elle ne pouvait pas répliquer à une remarque qu'elle ne comprenait pas ; et elle n'allait certainement pas changer d'avis ou s'approcher de lui.

— Je reviendrai quand il aura causé ta perte.

Sur ce, il s'éloigna en direction du parking quasi désert.

Elle le suivit du regard jusqu'à ce qu'elle soit sûre qu'il fût parti. Se colleter avec des types ivres, défoncés ou autres ne faisait pas partie de ses priorités. Elle avait pris des cours d'autodéfense et de protection civile, assisté à d'innombrables conférences sur la sécurité, et elle gardait toujours sa bombe lacrymogène à portée de main (de ce côté-là, sa mère l'avait très bien éduquée). Mais rien de tout ça ne signifiait qu'elle avait forcément envie de mettre ces leçons en pratique.

Elle regarda autour d'elle. Quelques inconnus s'étaient invités à la fête ; sinon, elle connaissait de vue la plupart des personnes présentes, qu'elle avait déjà croisées au lycée ou sur la plage. Pour l'heure, aucune d'entre elles ne faisait attention à elle. Elles ne regardaient même pas dans sa direction. Certaines avaient tourné la tête quand elle s'était brusquement écartée de Dreadlocks, mais, après son départ, elles étaient très vite passées à autre chose.

Alana n'arrivait pas à dire si ce type voulait juste l'embêter, si quelqu'un ici représentait réellement une menace pour elle ou s'il disait ça uniquement pour lui faire peur et l'inciter à s'éloigner afin qu'elle se retrouve seule et vulnérable. D'habitude, pour rentrer chez elle, elle partait dans la même direction que celle qu'il avait prise. Là, au cas où il rôderait dans le parking, elle décida de marcher un peu le long de la plage et de couper par Coast Highway. C'était deux pâtés de maisons plus loin, mais il lui avait fichu la frousse. Et pas qu'un peu. À cause de lui, elle se sentait prise au piège, comme une proie.

Lorsqu'elle eut suffisamment marché pour que le feu ne fût plus qu'un rougeoiement au loin et le roulis des vagues la seule chose qu'elle entendît, la tension dans son cou se dissipa. Elle avait fui le danger et se trouvait dans un des coins où elle se sentait le plus en sécurité et en paix : sur les rochers, au bord de l'eau. Le sol sous ses pieds passa du sable d'une plage à la roche d'un écueil. La marée disséminait ses flaques sous la lune. Seule avec la mer, c'était parfait. Elle avait besoin de ça, de cette sérénité qu'elle puisait ici. Elle s'approcha d'un récif en saillie contre lequel les vagues s'écrasaient et se déversaient en gerbes. Des coquilles de moules se dressaient comme des dents noires effilées. Des laitues de mer et des algues glissantes dissimulaient des crabes et une surface instable. Pieds nus, elle se tenait en équilibre au bord du récif, éprouvant la force des vagues qui approchaient toujours plus près, sentant son corps se gorger de cette quiétude que Dreadlocks lui avait un instant dérobée.

C'est alors qu'elle le vit au milieu du ressac. Il la fixait sans se soucier des vagues qui déferlaient autour de lui.

« Comment est-ce qu'il a pu arriver ici avant moi ? » s'étonna-t-elle à voix haute.

Alana frissonna, puis réalisa subitement que ce n'était pas lui. Le garçon avait la même silhouette que Dreadlocks, mais ses cheveux étaient bruns, longs et défaits. *Ça doit être un surfeur. Ou un ami de Dreadlocks.* Mais le surfeur ne portait pas de combinaison. Il semblait... complètement nu. Difficile à dire avec les vagues qui se fracassaient autour de lui ; ce qui est sûr, c'est qu'il était torse nu dans l'eau glaciale.

Il lui fit signe d'approcher et elle crut l'entendre murmurer : « Tu ne crains rien avec moi. Viens, j'aimerais te parler. »

C'était forcément son imagination. Quoi d'autre, sinon ? Elle était juste troublée à cause de Dreadlocks. Impossible que le surfeur l'ait entendue dans le déferlement des vagues ; ou qu'*elle* ait pu l'entendre.

Cela ne lui ôta pas de l'idée que, d'une certaine manière, ils venaient de communiquer.

Une peur primale se déploya dans son ventre et, pour la seconde fois ce soir-là, elle s'enfuit sans se retourner. Elle s'entailla le talon sur l'arête d'un coquillage. La brûlure de l'eau salée la fit grimacer de douleur tandis qu'elle s'éloignait, incapable de résister à la panique. Elle jeta un coup d'œil derrière elle et s'aperçut qu'il n'avait pas bougé, qu'il ne l'avait pas quittée des yeux. Sa peur se transforma en colère.

Puis elle vit le long manteau brun en cuir jeté négligemment sur le sable ; il semblait plus foncé que celui de Dreadlocks. Elle s'avança et posa son pied maculé de sang et de sable séché dessus. Ce n'était pas très lisse pour du cuir. Le contact de l'étoffe sous ses pieds lui faisait plutôt penser à une fourrure douce comme de la soie, au pelage d'un animal, comme une peau de phoque.

Et c'était bien une *peau*.

Elle tourna la tête vers lui. Il se tenait toujours au milieu du ressac. Les vagues se retroussaient autour de lui comme si la mer s'était façonné des bras pour le protéger et l'étreindre.

— Prends-la. Elle est à toi désormais, dit-il en souriant.

Cette fois, Alana était certaine d'avoir entendu sa voix ; elle avait senti les mots sur sa peau comme le vent agitant les flots. Elle voulait résister, mais elle n'avait plus le choix. Son pied en sang posé sur le pelage avait déclenché l'envoûtement et déterminé l'influence de cet inconnu sur ses sens. Elle savait désormais qui il était : un *selkie*, un de ces êtres imaginaires capables de se transformer en phoques. Petite, quand elle lisait des contes avec Nonny, Alana aimait qu'on lui raconte cette légende. Mais, même si sa grand-mère croyait fermement à l'existence des selkies, la jeune fille savait que ce n'était qu'une invention de plus au pays des chimères.

C'était un mythe, elle en avait bien conscience. Sauf que, à cet instant, Alana se trouvait précisément face à un selkie qui la poussait à emporter sa peau.

Comme l'a fait celui du feu sur la plage.

Elle resta immobile en essayant d'assimiler l'énormité de la situation.

J'ai rencontré deux *foutus selkies qui ont essayé de me piéger !*

Alana ne voulait pas rester là, mais elle n'agissait plus de son plein gré.

Je suis prisonnière.

Elle comprit alors que les contes de fées de son enfance avaient tout faux. Ce n'étaient pas les pêcheurs qui emprisonnaient d'innocentes créatures imaginaires en dérobant leur peau, c'étaient les selkies qui les ensorcelaient. Peut-être que les pêcheurs avaient du mal à admettre qu'ils s'étaient fait posséder ? Subitement Alana envisagea la cruelle réalité, qu'aucune légende ne révélait : les humains ne pouvaient pas résister à l'attrait de cette Peau, pas plus que l'océan ne pouvait se dérober à l'attraction de la Lune. Si elle la prenait, si elle la serrait contre son corps de mortelle, elle tomberait sous l'emprise de ce garçon. Elle savait ce qu'il était, que le piège était enclenché, mais elle n'était pas différente des personnages des contes qu'elle avait entendus pendant toute son enfance. Impossible de résister. Elle s'empara de la Peau et s'enfuit en espérant qu'elle pourrait la refiler à quelqu'un avant que Murrin ne la retrouve. Car ça ne pouvait être que lui, « Murrin », celui dont Dreadlocks avait parlé. Et ce selkie de malheur l'avait prévenue : avec Murrin, ce serait *pire*.

Murrin la regarda s'enfuir, saisi par le besoin irrépressible de la rattraper. Elle emportait sa peau : il n'avait pas d'autre choix que de la suivre ; mais il aurait préféré qu'elle ne parte pas en courant.

Murmurant des injures, il sortit du ressac et se fraya un chemin jusqu'aux minuscules excavations que l'eau avait sculptées dans le grès. À l'intérieur se trouvaient ses habits de plage : des sandales tressées, un jean usé, quelques chemises et une montre. Lorsque son frère Veikko était allé à terre un peu plus tôt, il avait emprunté le tee-shirt que Murrin voulait mettre. Du coup, il devait porter un de ces habits qui nécessitaient d'attacher plein de petits boutons. Il détestait les boutons. Contrairement à sa famille, qui n'allait pas assez souvent sur la plage pour avoir besoin de quantités de vêtements, Murrin venait régulièrement à terre et le manque de tenues décentes lui déplaisait. Il boutonna à peine la chemise, glissant deux des minuscules disques dans les trous tout aussi étroits, et partit à la recherche de la fille qu'il avait choisie par-delà les océans.

Son intention n'était pas qu'elle trouve sa seconde peau comme ça, pas tout de suite, pas maintenant. Il comptait d'abord lui parler, mais, en faisant surface, il l'avait vue ; ici et non à la fête. Il l'avait regardée en essayant de trouver un moyen de sortir du ressac sans l'effrayer, et c'est là qu'il avait senti le contact de sa peau sur la sienne. Sa fourrure n'aurait pas dû se trouver là. Ça ne devait pas se passer ainsi. Il avait tout prévu.

Un selkie ne pouvait posséder et une compagne et la mer, donc Murrin avait dû attendre de trouver une fille suffisamment fascinante pour capter son attention. Après avoir vécu au gré des caprices de la mer, trouver une personne qui vaille la peine de renoncer aux vagues pour elle n'était pas une tâche aisée.

Mais je l'ai finalement trouvée.

Il avait alors envisagé d'apaiser ses craintes, d'essayer de lui faire la cour plutôt que de la prendre au piège, mais, lorsqu'elle avait posé le pied sur sa seconde peau, toutes ses volontés s'étaient évanouies. Ça y est, ils étaient liés. Murrin se retrouvait maintenant dans la même situation que son père autrefois : devoir essayer de persuader une mortelle de lui faire confiance après l'avoir prise au piège. Le fait que ce ne soit pas lui qui ait mis sa peau à l'endroit où elle l'avait trouvée ne changeait rien. Il n'avait plus qu'à patienter face à ses craintes, à tenter de gagner sa confiance et espérer qu'elle lui pardonne : exactement tout ce qu'il avait voulu éviter.

Les mortelles n'avaient pas suffisamment de volonté pour résister à l'envoûtement. Alana ne l'aimerait pas pour autant, mais, en grandissant, les selkies apprenaient que l'amour n'était pas vraiment fait pour eux. La tradition importait davantage. Trouver une compagne, fonder une famille, c'était ça qui comptait.

Et le projet de Murrin de se rebiffer contre la coutume en apprenant d'abord à connaître sa promise avait très mal tourné.

Grâce à Veikko.

Dans les toilettes crasseuses qui longeaient le parking de la plage, Alana aperçut une fille vêtue d'un haut léger et d'un short déchiré. La fille tremblait, non pas de froid, mais sans doute parce qu'elle venait de se shooter – ou parce qu'elle était en manque. En général, les camés et les clochards traînaient en petits groupes, mais celle-là était seule.

La peau vibra et reprit l'apparence d'une belle veste en cuir dès qu'Alana vit la fille. *Parfait*. Alana s'approcha et essaya de la lui donner.

— Tiens. Prends ça pour te réchauffer...

Mais la fille recula avec un air d'épouvante. Elle jeta un coup d'œil au manteau, à Alana et au parking quasi désert.

— Je ne dirai rien. Je t'en prie... Ne me...

Elle détourna le regard avec un haut-le-cœur.

Alana baissa les yeux. La peau, qui ressemblait toujours à un manteau, était couverte de sang. Elle en avait sur les mains, sur les bras. Toutes les zones de son corps que l'eau de mer avait touchées étaient désormais rouge-noir sous l'éclat aveuglant du réverbère. L'espace d'une seconde, Alana pensa qu'elle avait mal vu, qu'elle avait blessé le selkie. Elle jeta un œil dans son dos : une traînée de gouttelettes en forme de larmes s'étirait derrière elle. Puis, alors qu'elle les observait, ces gouttelettes prirent une teinte blanc argenté, comme si on avait répandu du mercure sur le sable. Elles ne s'enfoncèrent pas dans le sable. Elles restèrent à la surface de la grève sans se déformer. Alana regarda la peau et vit le sang se teinter lui aussi d'argent.

— Tu vois ? Ce n'est rien. Prends-le...

Mais la fille tremblante était déjà partie.

D'un battement de paupières, Alana refoula des larmes de frustration.

— Tout ce que je veux, c'est que quelqu'un tende le bras pour que je puisse lâcher ce foutu manteau !

D'instinct, elle avait compris ce qu'étaient Murrin et Dreadlocks. Avec la même certitude, elle réalisa qu'elle ne pouvait pas se défaire de la peau, sauf si quelqu'un essayait de la prendre. Le manteau pourrait tomber par terre, personne ne serait pris au piège. Il fallait qu'Alana trouve quelqu'un qui souhaite le prendre.

Elle fit deux autres tentatives sur le chemin du retour. Chaque fois, c'était pareil : on la regardait d'un air horrifié ou dégoûté quand elle tendait ce qui ressemblait à un manteau ensanglanté. Ce n'est que lorsque les personnes s'éloignaient que l'humidité de l'étoffe reprenait l'aspect de grosses larmes salées.

Quel qu'il fût, le sortilège l'empêchait de se débarrasser de la peau autant qu'il l'avait poussée à la prendre. Alana repensa à ce qu'elle savait des selkies. D'après la légende, des femmes-phoques semblables à des sirènes venaient sur le rivage et quittaient leur seconde peau. Parfois, si elles manquaient de prudence, un célibataire trouvait la fourrure et la dérobait. La femme-phoque devait alors le suivre. S'ils se mariaient, l'époux cachait la peau pour que sa nouvelle femme reste prise au piège.

Mais Nonny n'avait jamais rien dit à propos des hommes selkies ; ni à propos du fait que les femmes-phoques piégeaient les pêcheurs. Dans ses récits, ces dernières semblaient si tristes d'être arrachées à la mer et dépossédées de leur peau... C'étaient elles les victimes, et les humains les traîtres. Tous les contes disaient clairement que les selkies étaient otages des hommes. Mais, dans la réalité, c'est Alana qui se sentait prise au piège.

Alors qu'elle marchait en direction de son appartement, elle songea une fois de plus qu'elle aimerait que sa grand-mère soit encore de ce monde pour pouvoir se confier à elle. Nonny avait tout arrangé dans sa vie, à l'inverse de sa mère, qui la plupart du temps était aussi paumée qu'elle.

Elle s'arrêta devant chez elle. Leur voiture était garée dans la rue qui longeait l'immeuble. Alana ouvrit le coffre. Prudemment, elle plia la veste-peau. Après un rapide coup d'œil aux alentours, elle se frotta le visage contre la douce fourrure. Puis, avec un soin particulier indépendant de sa volonté, elle la glissa sous la couverture de réserve que sa mère gardait dans le coffre (ça faisait partie du kit de secours en cas de panne). C'était comme si elle n'avait pas d'autre solution : il fallait qu'elle la mette en lieu sûr, pour que Murrin ne la trouve pas... et que les autres ne *le* trouvent pas.

Protéger mon compagnon. Malgré elle, cette pénible pensée lui vint à l'esprit. Elle referma violemment le coffre et contourna la voiture jusqu'à l'avant. Puis, comme souvent lorsqu'elle avait besoin de prendre l'air, dehors, sous le clair de lune, elle s'allongea sur le capot. Il était encore chaud, signe que sa mère venait tout juste de rentrer d'une énième virée nocturne.

Alana fixa les étoiles en murmurant : « Si tu savais comme je me suis fait avoir, Nonny… »

Puis elle attendit. Il allait venir, elle le savait. Et devoir l'affronter avec sa mère dans les parages, jubilant que sa fille ait ramené un garçon à la maison, ça ne ferait qu'aggraver une situation déjà pas brillante.

Mieux vaut régler ça dehors.

Murrin la vit, étendue sur une voiture identique à celles qu'il avait vues garées le long de la plage jour après jour. Une voiture laide : couverte de taches de rouille et à laquelle manquait une poignée de portière. Alana, en revanche, était ravissante avec ses longs bras et sa silhouette galbée. Des mèches brunes encadraient son visage aux traits anguleux. Lorsqu'il l'avait aperçue plusieurs marées auparavant, il avait tout de suite su que c'était elle : une fille qui aimait les récifs et la lune était une perle rare. L'attente avait été insupportable, mais il avait observé ses habitudes et élaboré un plan d'approche. Les choses ne se passaient pas comme prévu, bien sûr, mais il se débrouillerait pour que ça marche.

— Femme ?

Son cœur fit un bond au son de ce mot, de cette déclaration qu'il lui faisait enfin. Il s'approcha de la voiture, pas assez pour la toucher, mais un peu plus près quand même. Après tant d'années passées à chercher l'épouse de ses rêves, c'était grisant d'être si proche d'elle, même si ce n'était pas exactement la rencontre qu'il avait imaginée.

Alana se redressa, les pieds raclant le capot de la voiture.

— Comment est-ce que tu m'as appelée ?

— Femme.

Murrin se rapprocha lentement, les mains le long du corps. En dépit du nombre de mortelles qu'il avait observées ou même rencontrées, il manquait encore d'assurance.

Manifestement, l'appeler « femme » n'était pas la bonne tactique. Alors il fit une nouvelle tentative.

— Je ne connais pas encore ton autre nom.

— Alana est mon *seul* prénom.

D'un mouvement, elle se retrouva assise les jambes pliées sur le côté, dans une posture typique de selkie.

C'était touchant ; contrairement à ses mots.

— Je ne suis pas ta femme, dit-elle sèchement.

— Je m'appelle Murrin. Est-ce que tu…

— Je ne suis pas ta femme ! répéta-t-elle un peu plus fort.

— Est-ce que tu veux bien faire quelques pas avec moi, Alana ?

Il adorait la sensation de son prénom sur sa langue – *Alana, mon roc, mon havre, mon Alana…*

Mais, lorsqu'il approcha encore, elle se raidit et le fixa avec le même regard méfiant qu'elle avait eu sur la plage.

Cette réticence lui plaisait. Certaines filles qu'il avait connues sous son apparence humaine avaient voulu s'étendre près de lui après avoir à peine échangé deux mots. Il avait passé un bon moment, mais ce n'était pas ce qu'il recherchait chez une femme. Ça l'attristait que leur rencontre ait si peu de sens : il voulait que chaque contact, chaque caresse, chaque soupir, compte.

— Est-ce que tu veux bien faire quelques pas avec moi, Alana ?

Il baissa brusquement la tête, laissant ses cheveux osciller devant ses yeux pour se présenter à elle sous un angle aussi inoffensif que possible et lui prouver qu'il n'était pas une menace.

— Je te parlerais de nous, pour qu'on puisse se comprendre.

— Lanie ?

Un sosie plus âgé de sa compagne, visiblement la mère d'Alana, apparut à contre-jour.

— Tu ne me présentes pas ton copain ?

La femme sourit à Murrin.

— Moi, c'est Susanne.

Il fit un pas vers elle.

— Je m'appelle Murrin et je…

— Et on était sur le point de partir, maman, intervint Alana en tirant Murrin par la main. On va… boire un café.

— Un café ? Maintenant ?

La mère d'Alana grimaça, l'air amusé.

— Bien sûr, ma puce. Surtout ne rentre pas avant l'aube ! On fera la grasse matinée demain.

Tandis qu'ils s'éloignaient, Alana essayait de trouver quoi dire pour lancer la discussion… Rien ne lui venait à l'esprit. Elle ne voulait pas lui demander pourquoi elle se sentait aussi attirée par lui ; ni si ça risquait d'empirer. Elle se doutait que c'était la conséquence de l'envoûtement. Ils étaient liés ; ça, elle l'avait bien compris. Elle ignorait s'il ressentait lui aussi une envie irrépressible de lui prendre la main, mais elle savait que toute résistance était vaine.

Tout ça n'est pas réel ! Elle jeta un œil vers lui et sentit son cœur s'emballer.

Et ce n'est pas définitif. Je peux encore me débarrasser de lui. Il le faut !

Elle plongea les mains dans ses poches et continua à marcher en silence à côté de lui. D'habitude, la nuit, elle avait l'impression d'étouffer quand des gens – enfin, juste des garçons en fait – envahissaient son espace vital. Elle n'avait pas envie de devenir comme sa mère : faire confiance au premier rêveur croisé, courir après l'illusion que le désir ou le manque pourraient donner naissance à une relation concrète. Ça ne marchait jamais. L'enthousiasme initial virait systématiquement au drame et aux larmes. C'était plus sage d'y mettre un terme avant cette seconde phase inévitable et compliquée. Les petits copains de courte durée, c'était sympa, et Alana respectait toujours la règle des six semaines : *exit* ceux qu'elle ne pourrait pas plaquer au bout de six semaines maximum. Par conséquent, il fallait qu'elle trouve un moyen de se défaire de Murrin d'ici à six semaines, et le seul qui pourrait l'aider à résoudre le problème n'était autre que lui, Murrin.

Devant le vieil immeuble qui abritait la cafétéria, elle s'arrêta.

Murrin se tourna vers elle.

— Ici, ça te convient ?

— Oui, ça ira.

Machinalement, elle sortit les mains de ses poches et s'apprêta à entrer. Mais elle se reprit aussitôt et croisa les bras sur sa poitrine.

— Je ne voulais pas te suivre. Je voulais juste que tu ne t'approches pas de ma mère.

Sans un mot, il tendit le bras pour ouvrir la porte.

— Quoi ? Qu'est-ce qu'il y a ?

Elle avait conscience d'être désagréable, de lui parler méchamment.

Et pourquoi je me gênerais ? Je n'ai rien demandé, moi !

Murrin poussa un soupir.

— Je préférerais me blesser que de faire du mal à ta mère, Alana.

Il lui fit signe d'entrer.

— Ton bonheur, ta vie, ta famille..., c'est tout ce qui compte pour moi désormais.

— Mais tu ne me connais même pas !

Il haussa les épaules.

— Pourtant c'est ainsi.

— Mais...

Elle le dévisagea en essayant de trouver une réplique, un moyen de…

Quoi ? De lui reprocher de vouloir me rendre heureuse ?

— Tout ça n'a pas de sens…

— Viens t'asseoir. Nous allons discuter.

Il se dirigea vers le fond de la cafétéria, loin de l'espace central, très éclairé.

— Il y a une table libre, là.

D'autres tables étaient vides, mais elle ne le lui fit pas remarquer. Elle aussi voulait s'isoler. C'était suffisamment tordu de devoir lui demander comment rompre un lien pseudo-magique pour ne pas en plus avoir à supporter les regards des clients indiscrets.

Murrin tira une chaise devant elle.

Elle s'assit en essayant de ne pas être touchée par sa courtoisie ni par son apparente indifférence à l'égard des filles – et des quelques garçons – qui le fixaient avec un intérêt certain. Visiblement, il ne les avait pas remarqués, même quand les filles avaient interrompu leur conversation pour lui sourire alors qu'il passait près de leur table.

Après tout, je comprends qu'elles le matent.

Si Alana n'était pas ravie de se retrouver dans cette situation improbable, ça ne l'empêchait pas d'être un brin fascinée par la beauté de Murrin ; pas au point d'avoir envie de rester avec lui, bien sûr, mais son cœur s'emballait chaque fois qu'elle posait les yeux sur lui.

Peu importe que l'emballage soit joli. Il m'a prise au piège !

Murrin s'installa en face d'elle en la fixant avec une intensité désarmante.

— Qu'est-ce que tu me veux ? demanda-t-elle.

Il tendit le bras pour lui prendre la main.

— Tu ne veux pas être ici ?

— Non. Pas avec toi.

— Alors comment te faire plaisir ? Comment te donner envie d'être avec moi ?

— Tu ne peux pas. Je veux que tu t'en ailles.

Une série d'expressions impassibles, trop fugitives pour qu'elle les identifie, défilèrent sur le visage de Murrin, mais il ne répliqua pas. D'un signe de tête, il indiqua le gigantesque tableau noir qui servait de menu et lut d'une traite les suggestions du jour :

— Mocha ? Americano ? Macchiato ? Thé ? Lait chaud ?

Alana envisagea de le brusquer pour qu'il lui donne les réponses dont elle avait besoin, mais elle se retint. L'agressivité ne marcherait pas.

Du moins, pas pour l'instant.

Comprenant qu'elle n'obtiendrait rien par la force, elle décida de tenter une autre approche. Elle prit une profonde inspiration pour retrouver son calme.

— Un mocha. Double.

Elle se redressa pour attraper de l'argent dans sa poche de jean.

Murrin se leva d'un bond, s'imposant alors comme la personne la plus élégante qu'elle ait jamais vue.

— Tu veux quelque chose avec ?

— Non.

Elle déplia un billet de cinq dollars et le lui tendit, mais il s'éloigna de la table d'un air renfrogné sans le prendre.

— Attends, dit-elle en se levant et en agitant le billet vers lui. Prends ça !

Il lui lança un regard dur en secouant la tête.

— Je ne peux pas.

— Bien, dans ce cas, je vais me le chercher toute seule, dit-elle en le contournant.

Avec une rapidité prodigieuse, il lui barra la route ; elle

trébucha contre lui, puis se stabilisa en posant une main sur son torse.

Dans un soupir, Murrin mit sa main sur celle d'Alana.

— S'il te plaît, laisse-moi t'offrir une tasse de café, Alana. Tu ne me seras pas redevable pour autant, tu sais.

« Refuser un café ne me mènera à rien », pensa-t-elle.

Sans un mot, elle accepta d'un signe de tête qui lui valut un regard plus chaleureux.

Elle attendit qu'il s'éloigne pour se rasseoir et le regarda serpenter à travers la foule. Il ne semblait pas troublé par les clients qui le bousculaient ou les tables bondées. Il traversait la salle avec décontraction, pour ne pas dire indifférence. À plusieurs reprises, il jeta un œil vers elle et les gens assis autour – attentif sans être possessif.

Pourquoi est-ce que je compte autant ?

Elle le regarda avec un désir nouveau, consciente qu'il ne lui appartenait pas vraiment, qu'elle ne voulait pas de ce lien illusoire, mais pourtant prise d'un étrange vague à l'âme.

C'est encore une ruse de selkie, à tous les coups.

Elle se força à détourner les yeux et songea à ce qu'elle allait dire, aux questions qu'elle allait poser, au moyen de se sortir du pétrin dans lequel ils se trouvaient.

Quelques minutes plus tard, Murrin revint, tenant en équilibre deux tasses et une assiette sur chacune. La première contenait un gros sandwich ; la seconde, une énorme pile de brownies, de cookies et de carrés de chocolat. Une fois de plus, sans effort notable, il traversa la foule jusqu'à elle et lui tendit son mocha.

— Merci, murmura-t-elle.

Il hocha la tête, s'assit et posa les assiettes au milieu de la table.

— Je me suis dit que tu aurais peut-être envie de manger un morceau.

Elle contempla l'assiette de sucreries et le sandwich.

— C'est tout pour moi ?

— J'ignorais ce qui te ferait plaisir...

— Que tu partes.

Il prit un air grave.

— Je ne peux pas. Je t'en prie, Alana, essaie de comprendre. C'est comme ça depuis des siècles. Je n'avais pas l'intention de te piéger, mais je ne peux pas revenir en arrière. Même *physiquement*, c'est impossible.

— Tu ne peux pas reprendre ta... ta peau ? demanda-t-elle en retenant son souffle.

Il la regarda avec tristesse ; ses yeux semblaient aussi noirs et humides que l'océan la nuit.

— Seulement si je trouve où tu l'as cachée sans que tu m'y aies incité. Il faut que ce soit une pure coïncidence ou bien que je sois suffisamment en colère pour partir à sa recherche. Il existe des solutions, mais il y a peu de chances pour que ça arrive.

Depuis le début, Alana se doutait – non, elle *savait* – qu'elle ne lui échapperait pas facilement, mais il fallait qu'elle en ait le cœur net, qu'elle l'entende de sa bouche. Elle sentit des larmes lui picoter les yeux.

— Alors qu'est-ce qu'on fait ?

— On apprend à se connaître. Avec un peu de chance, tu finiras par avoir envie que je reste, et moi je finirai par dire quelque chose qui t'aidera à te débarrasser de moi.

Il semblait si triste qu'elle culpabilisa.

— Ça aussi, c'est comme ça depuis des siècles.

Ils passèrent l'heure suivante à discuter par intermittence. Par moments, Alana se détendait et Murrin voyait bien qu'elle se plaisait en sa compagnie. Mais, chaque fois qu'elle prenait conscience de son attitude, une lueur d'agacement voilait son regard et elle se barricadait à nouveau. Elle se penchait vers lui, puis s'en éloignait brusquement.

Contrairement aux autres filles, elle avait une volonté de fer, et il admirait cette force autant qu'il se désespérait qu'elle soit dirigée contre lui.

Il la regardait incliner la tête quand elle l'écoutait ; il percevait le rythme de ses mots lorsqu'elle parlait de sa vie à terre. Il savait que la manœuvre était volontaire : elle acceptait la situation pour mieux se débarrasser de lui. Mais il avait appris la patience et la souplesse dans l'océan ; des qualités indispensables à tout selkie pour survivre. Le père de Murrin l'avait prévenu que ces vertus étaient tout aussi essentielles dans les relations et, bien que ne souhaitant pas suivre la voie de son père, Murrin l'avait écouté. Ce soir, il ne le regrettait pas.

La cafétéria finit par se vider de tous ses clients.

Alana bâilla.

— Il faut que tu te reposes, Alana.

Il se leva et l'attendit. Elle avait les yeux lourds de fatigue. Une bonne nuit de sommeil les aiderait peut-être à y voir plus clair.

Elle avait suffisamment baissé sa garde pour accepter la main qu'il lui tendait... et soupirer doucement en la prenant.

Murrin se figea, attendant qu'elle décide de l'étape suivante. Il ne savait ni quoi dire, ni comment réagir. Personne ne l'avait prévenu que le simple contact de sa main susciterait de tels sentiments : il se battrait jusqu'à son dernier souffle pour la garder près de lui en sécurité et la rendre heureuse. Cette attraction qu'il ressentait était semblable à la mer. Il se laisserait submerger par son poids, par son immensité, sans objecter.

Alana essaya de ne pas réagir au contact de sa main, pourtant cette sensation lui paraissait légitime, comme si l'univers se remettait brusquement en place. Une certaine sérénité, cet état d'esprit d'ordinaire si difficile à atteindre, s'empara d'elle. Cette paix, elle l'éprouvait sur la plage, sous la pleine lune, mais jamais en compagnie des autres. Elle lâcha sa main un bref instant – il ne résista pas – et l'émotion s'atténua. C'était comme regarder la mer refluer, hors de sa portée. L'océan lui filerait toujours entre les doigts, contrairement à cette quiétude qui lui semblait presque palpable. Elle reprit la main de Murrin et contempla leurs doigts entrelacés. Il était réel...

Réel et issu de la mer...

Cela expliquait peut-être ce qu'elle ressentait. Le toucher, c'était comme caresser l'océan. Elle promena son pouce sur les phalanges de Murrin. Cette peau n'avait rien de différent de la sienne. *Maintenant, tout au moins.* L'idée qu'il puisse se transformer, devenir autre qu'humain, suffisait presque à lui faire lâcher prise. *Presque.*

— Je ne te ferai aucun mal, Alana.

Il se mit à parler, murmurant des mots à un rythme prodigieux.

Elle frissonna. Son prénom ne lui avait jamais semblé aussi beau.

— Ce n'est pas la peine de répéter mon nom à chaque phrase, tu sais.

Il acquiesça, mais d'un air réservé, prudemment stoïque.

— Comme tu préfères. J'aime bien ton prénom, mais je peux...

— Laisse tomber. C'est juste que... ça me gêne, avoua-t-elle en indiquant leurs mains enlacées.

Pour autant, en quittant la cafétéria, elle se cramponna à lui. Elle était tellement fatiguée, tellement confuse ; le seul instant de sérénité qu'elle avait ressenti, c'était au contact de sa peau.

Une fois dehors, elle changea encore de sujet.

— Où est-ce que tu vas loger ?

— Avec toi ?

Elle éclata de rire sans pouvoir se retenir.

— Ça, je crois pas, non !

— Je ne peux pas trop m'éloigner de toi, Alana. Considère ça comme une bride. Je ne peux pas aller loin, mais je peux dormir dehors, si tu veux.

Il haussa les épaules.

— La plupart du temps, on ne va pas dans les maisons. Ma mère en a une, mais… c'est parce qu'elle est comme toi. Parfois je la rejoins. C'est plus confortable, mais pas nécessaire.

Alana réfléchit. Elle savait que sa mère n'y verrait pas d'inconvénient : Susanne n'avait « aucun complexe », comme elle aimait dire ; mais laisser Murrin s'installer sur son canapé, c'était un peu comme accepter la défaite.

Alors quoi ? Je le laisse dormir dehors comme un animal ? En même temps, c'est ce qu'il est, non ?

Elle s'arrêta ; il l'imita.

Mais qu'est-ce que j'ai à m'apitoyer ?

Murrin était un selkie. Qui sait quels principes régissaient sa vie, ni même s'il en avait. Alana était bien comme sa mère : ballottée par des mots creux, laissant des inconnus s'introduire dans son refuge. Mais il l'avait prise au piège ; il n'était pas le seul à avoir essayé. Quelque chose d'étrange se tramait et elle n'aimait pas ça. Elle lui lâcha la main et s'écarta.

— Le type près du feu sur la plage, celui qui a essayé de me refiler sa peau… Qui était-ce ? Qu'est-ce que vous… Il a dit que tu étais pire…

Elle tourna la tête pour le regarder droit dans les yeux.

— Pourquoi *moi* ?

Murrin était sans voix, incapable d'assimiler quoi que ce soit excepté le fait que son frère avait essayé de lui voler sa promise. Sur le coup, Murrin avait tout de suite compris que, si Alana avait trouvé sa peau sur la plage, c'était un coup de Veikko ; en revanche, il ne se doutait pas que son frère l'avait abordée avant. *Pourquoi ?* Bien sûr, Veikko éprouvait encore de rares accès de dépit suite au départ de Zoé, mais ils en avaient discuté...

Il disait qu'il avait compris... Alors pourquoi avoir parlé à mon Alana ?

Murrin se demanda s'il devait convaincre Veikko qu'Alana serait solide, qu'elle n'était pas comme Zoé, qu'elle ne sombrerait pas dans une dépression potentiellement fatale.

Il essayait peut-être de protéger Alana ? Et moi aussi par la même occasion ?

Ce serait l'explication la plus logique, mais Murrin avait la quasi-certitude que Veikko avait tout manigancé et fait en sorte qu'Alana tombe dans le piège. Aucun autre selkie n'était venu à terre.

Tout ça est absurde, et il est trop tard pour l'admettre...

Sa rencontre avec Alana était bien plus compliquée que prévu, mais elle n'avait pas besoin d'affronter ça en plus du reste. Alors Murrin réprima sa confusion et ses doutes.

— Veikko est mon frère.

— Ton frère ?

Il hocha la tête.

— Il m'a fait peur, dit Alana.

Elle rougit, comme si la peur était un sentiment honteux. Mais cet aveu non dissimulé ne dura pas. Alana était toujours en colère. À sa posture, on devinait sa nervosité : mains serrées, dos droit, yeux plissés.

— Il a dit que tu étais pire et qu'il reviendrait...

— Veikko... Vic a des méthodes un peu archaïques... face aux humains.

Murrin détestait employer ce terme, mais c'était inévitable. Alana et lui n'étaient pas de la même espèce et ne le seraient jamais. Il devait l'accepter.

Il s'approcha d'Alana. Malgré sa colère, elle avait besoin de réconfort.

— Pourquoi a-t-il dit que tu étais pire ?

— Parce que je voulais apprendre à te connaître avant de te révéler ma vraie nature. Rien de tout ça n'était fait exprès. Ma peau...

Il s'interrompit, hésitant à lui avouer qu'il soupçonnait Veikko de les avoir tous les deux piégés, mais il y renonça. Alana et Veikko seraient forcés de cohabiter pendant plusieurs années : une simple omission, et le conflit, le ressentiment d'Alana à l'égard de son frère, serait évité.

— En fait, ma peau n'aurait pas dû se trouver là, avoua-t-il malgré tout. Et toi non plus. J'allais venir à ta rencontre pour essayer de sortir avec toi comme le font les humains.

— Mais ?

Alana croisa les bras sur sa poitrine.

— Vic considère que je suis « pire » que les autres membres de ma famille parce que je vais à l'encontre des traditions... Du moins, en théorie.

Il lui sourit d'un air penaud.

— Il trouve que c'est pire de te séduire et de ne te révéler mon identité qu'après. Mais maintenant, ça n'a plus d'importance...

— Pourquoi ce serait pire ?

— Ça fait des années que je me pose la question.

Il tendit la main vers elle.

— Ce n'est pas comme ça que j'éduquerai mes enfants... quand je serai père. J'aurais voulu que cela se passe autrement, mais aujourd'hui on est liés.

Elle saisit la main qu'il lui tendait.

— On n'est pas obligés de rester ensemble, si ?

Il ne répondit rien, incapable de protester.

— Je suis désolé, Alana.

— Et moi donc… Tu sais, les histoires d'amour, ce n'est pas mon truc.

Distraitement, elle caressa sa main du bout des doigts.

— Je ne voulais pas te piéger, mais je n'ai plus envie de te laisser partir maintenant.

Il s'attendait à ce qu'Alana riposte, se mette en colère, mais à l'instar de celles de l'océan, ses humeurs n'étaient pas aussi prévisibles qu'il l'imaginait.

Alana sourit, d'un air plus menaçant que malheureux.

— Alors je vais devoir t'en convaincre.

Elle est vraiment parfaite pour moi.

Durant les trois semaines qui suivirent, les doutes d'Alana laissèrent peu à peu place à un début d'amitié.

Il n'y a pas de mal à être gentille avec lui…

Elle commençait à se dire qu'ils pourraient devenir amis. Elle ne pouvait peut-être pas s'en débarrasser, mais rien ne l'obligeait à sortir avec lui, et encore moins à l'épouser.

Un jour, elle se réveilla en sursaut au beau milieu de la nuit, frissonnante et assaillie par la pensée de Murrin. Ils étaient amis. D'accord, il squattait son canapé et partageait ses repas, mais ça ne l'engageait à rien, c'était purement pratique. Il n'avait nulle part où aller. Il ne pouvait pas dormir sur la plage. Sans compter qu'il faisait les courses, donc il ne vivait pas à ses crochets. C'était juste, disons… un bon copain toujours présent.

Un ami qui me rend heureuse…

Elle alla dans le salon. Murrin était debout face à la fenêtre, les yeux fermés, l'air bouleversé. L'expression qui agitait ses traits était celle de la douleur. Elle s'approcha dans son dos sans même y réfléchir.

— Murrin ?

Il se tourna. La nostalgie qui se lisait dans ses yeux était vraiment déchirante, mais il cligna des yeux et elle s'évanouit.

— Tu ne te sens pas bien ?

— Si...

Elle lui prit la main et l'éloigna de la fenêtre.

Il lui fit un sourire qui aurait pu être rassurant si un voile de tristesse n'avait subsisté dans son regard.

— Alors qu'est-ce que tu as ?

— Rien.

D'un signe de tête, Murrin lui indiqua sa chambre.

— Va te recoucher. Tout va bien, ne t'inquiète pas.

Alana réfléchit. Murrin était loin de sa famille, de chez lui, de tout ce qu'il connaissait. Leurs conversations tournaient toujours autour de ses désirs à elle, de ce qui pouvait la rendre heureuse, de ce qu'elle ressentait. Mais il semblait aussi perturbé qu'elle, si ce n'est plus.

— Parle-moi, Murrin. On est amis, n'est-ce pas ?

— Amis ? répéta-t-il. C'est ce que tu veux ?

Elle se tut. En dépit de la situation, Alana ne se sentait plus mal à l'aise auprès de lui. Elle lui caressa la joue et laissa sa main s'attarder. Murrin était quelqu'un de bien.

— Je ne veux pas compliquer les choses, dit-elle.

— Moi non plus...

Il pencha la tête.

— ... je veux juste prendre soin de toi.

Elle posa les mains sur ses épaules et se hissa sur la pointe des pieds. Le contact de sa peau suffisait pour que le monde s'arrête à ce merveilleux sentiment de plénitude. Ces derniers jours, elle avait laissé ses doigts effleurer le bras de Murrin, elle s'était cogné l'épaule contre lui – des contacts infimes, pour voir si c'était toujours aussi parfait. Et ça l'était. À présent, son cœur battait la chamade.

Murrin ne bougea pas.

— Pas de promesse, chuchota-t-elle avant de l'embrasser.

Alors ce bonheur absolu qu'elle avait jusque-là frôlé au

moindre contact avec sa peau la consuma. Elle ne pouvait ni respirer ni bouger. Juste *ressentir*.

Le lendemain, Murrin observa Alana avec méfiance. Il ne savait pas trop comment expliquer ce qui s'était passé, si ça signifiait quelque chose ou si elle avait juste éprouvé de la compassion. Elle avait clairement insisté sur le fait qu'ils étaient amis et qu'ils ne seraient jamais rien de plus. Il attendit, mais elle ne fit aucune allusion au baiser ; et il n'y en eut pas d'autre.

C'était peut-être un coup de veine...

Pendant deux jours encore, elle se comporta comme avant – avant le baiser : elle se montrait agréable, gentille, et de temps à autre elle l'effleurait « accidentellement ». Mais le hasard n'y était pour rien, il le savait. Cependant, rien dans son attitude ne laissait supposer qu'elle avait changé.

Le troisième jour, elle s'affala à côté de lui sur le canapé. Susanne était partie à un cours de yoga – et peu importe qu'elle ait été là ou non, d'ailleurs. La mère d'Alana semblait particulièrement ravie d'héberger Murrin, et il se doutait qu'elle ne verrait pas d'inconvénient à ce qu'il partage la chambre de sa fille. C'était Alana qui avait fixé les limites ; cette même Alana qui se trouvait actuellement assise juste à côté de lui et le fixait avec un sourire perplexe.

— Je pensais que ça t'avait plu de m'embrasser l'autre soir, dit-elle.

— C'est le cas.

— Alors...

— Alors je ne comprends pas très bien.

— On peut faire semblant d'être juste amis... tout en sortant ensemble, non ?

Elle jouait avec le col de son chemisier.

Il attendit quelques secondes, mais elle n'en dit pas plus.

— Et ton projet de te débarrasser de moi ?

— Je ne sais plus trop...

Elle semblait ennuyée.

— Je ne te promets pas que ça durera toujours, ni même un mois, mais... je pense tout le temps à toi. Je n'ai jamais été aussi heureuse. Il se passe un truc magique quand on se touche... Je sais que ce n'est pas réel, mais...

— Comment ça « pas réel » ?

— C'est un truc de selkie, non ? Comme le fait d'avoir été attirée par ta peau et de m'être sentie obligée de la prendre ?

Elle marqua une pause. La suite jaillit à toute vitesse :

— Est-ce que ça marche dans les deux sens ?

Alana était suffisamment près pour que Murrin la prenne tout naturellement dans ses bras. Ce qu'il fit. Il lui caressa les cheveux en laissant ses boucles s'entortiller autour de ses doigts.

— Ça n'a rien à voir avec les selkies, répondit-il. Mais ça marche effectivement dans les deux sens.

Elle eut un mouvement de recul.

— Je croyais que c'était juste... tu sais... de la magie.

Il prit délicatement son visage entre ses mains en l'approchant du sien.

— Mais *c'est* magique de trouver une compagne, de tomber amoureux et de s'apercevoir que c'est réciproque.

Alana, sa compagne, son âme sœur, ne s'écarta pas. Elle préféra se pencher pour l'embrasser... pas par compassion ou par sentiment déplacé, mais par tendresse.

Tout est parfait. Il la serra plus fort contre lui et comprit alors que, malgré leur rencontre chaotique, tout allait bien se passer. Elle ne l'avait pas dit expressément, mais elle l'aimait.

Mon Alana, ma bien-aimée...

Le soir suivant, Murrin apporta le sac de perles au bijoutier que sa famille consultait depuis toujours. La boutique Davis Jewels était sur le point de fermer, mais le gérant et sa femme ne refusaient jamais une visite de Murrin. M. Davis sourit en le voyant entrer.

— Attends, j'appelle Madeline pour la prévenir que j'aurai du retard.

M. Davis alla fermer la porte du magasin à clé et enclencha le système de sécurité. Murrin connaissait chacun de ses gestes. Il pouvait visualiser les pas du vieil homme les yeux fermés.

M. Davis s'absenta pour appeler sa femme. En patientant au comptoir, Murrin déplia l'étoffe qu'il transportait et déversa le contenu du sac sur le tissu soyeux.

Son coup de fil terminé, le bijoutier réapparut ; il ouvrit la bouche, mais, lorsque son regard se posa sur le comptoir, les mots lui manquèrent. Il s'approcha, ne jetant qu'un coup d'œil furtif à Murrin, l'air concentré sur les perles.

— Tu n'en as jamais apporté autant...

— Je dois aussi faire un achat, cette fois.

D'un geste, Murrin lui indiqua les petites vitrines à l'intérieur de la boutique.

— Je vais me marier.

— Je me disais aussi ! Ça explique le collier.

M. Davis esquissa un sourire, qui froissa ses traits en un labyrinthe de rides aussi épaisses que des frondes de goémon, illuminant sa peau vieillissante. Enfin un homme qui comprenait l'amour : M. Davis et sa femme avaient toujours des étincelles dans les yeux lorsqu'ils se regardaient.

L'homme alla au fond du magasin et revint avec un écrin contenant un collier. Dessus étaient enfilées des perles que Murrin avait sélectionnées pendant des années.

Ce sera pour Alana.

Murrin ouvrit l'écrin et promena ses doigts sur la nacre.

— C'est parfait.

Tout sourire, M. Davis prit les perles posées sur le comptoir et les déposa sur sa table de travail pour les examiner. Après des années de commerce avec la famille de Murrin, l'homme étudiait les perles – leur taille, leur forme, leur couleur et leur éclat – de manière expéditive, même si cette procédure demeurait incontournable.

Le bijoutier opérait avec méthode, dans un ordre que Murrin connaissait aussi bien que les courants marins. D'ordinaire, il attendait distraitement tandis que l'homme vaquait à sa routine. Aujourd'hui, il ne quittait pas les vitrines des yeux.

Lorsque M. Davis le rejoignit, Murrin lui montra les rangées de pierres précieuses isolées sur de simples anneaux.

— Vous pouvez m'aider à en choisir une ?

Avant de répondre, le bijoutier indiqua à Murrin la somme qu'il comptait lui payer pour les perles.

— Tout dépend du montant que tu souhaites dépenser.

Murrin haussa les épaules.

— Je veux faire plaisir à ma femme. C'est tout ce qui compte.

Alana ne fut pas surprise de voir Dreadlocks (Vic pour les intimes) adossé contre un mur à l'extérieur de la cafétéria où elle patientait pendant que Murrin était parti faire une course secrète. Ces derniers temps, elle avait l'impression de l'avoir croisé plusieurs fois. Mais elle ne s'arrêta pas ; elle ne savait pas trop quoi lui dire. Chaque fois qu'elle l'avait surpris dans les parages, elle avait voulu en parler à Murrin, mais là encore, elle ignorait comment s'y prendre.

Vic cala son pas sur celui d'Alana et marcha à ses côtés.

— Tu veux bien écouter ce que j'ai à dire, Alana ?

— Pourquoi ?

— Parce que tu es unie à mon frère et que je suis inquiet pour lui.

— Murrin n'a pas l'air d'être très proche de toi… et il va bien. Il est heureux.

Elle sentit sa gorge se serrer, son cœur s'affoler. Ça ressemblait si peu à ce qu'elle ressentait quand elle était avec Murrin.

— Donc tu ne l'as pas vu contempler la mer ? Il ne souffre pas de son absence ?

À son air, Vic connaissait déjà la réponse.

— Il ne l'avouera pas… Ça fait partie de l'envoûtement. Tu l'as fait prisonnier en lui volant sa peau. Il ne te dira pas qu'il est malheureux, mais avec le temps tu t'en rendras compte. Il deviendra triste, amer. Un jour tu le surprendras les yeux perdus au loin vers l'océan… Peut-être pas tout de suite, mais ça arrivera forcément.

Alana médita ces paroles. Elle avait bel et bien surpris Murrin en pleine nuit, pendant qu'il la croyait endormie. Il regardait l'horizon en direction de la mer, même s'il ne pouvait pas la voir depuis l'appartement. La nostalgie qui se lisait dans ses yeux était déchirante.

— Au fil du temps, il t'en voudra. Ça finit toujours comme ça pour nous.

Un sourire démoniaque déforma la bouche de Vic.

— De la même façon que tu nous en veux aujourd'hui, Alana…

— Je n'en veux pas à Murrin, dit-elle.

— Plus maintenant, peut-être. Mais au début, si.

Vic jouait avec une de ses longues mèches vertes.

— Tu lui en voulais de t'avoir prise au piège. Quel sort cruel ! Ma compagne m'en a voulu aussi. Elle s'appelait Zoé. Ma Zoé…

— S'appelait ?

— Je suppose qu'elle n'a pas changé de nom.

Il marqua une pause, l'air songeur.

— Finalement, c'est nous qui vous en voulons car vous

nous privez de ce qui nous appartient : notre liberté. Je ne voulais pas me fâcher après ma Zoé...

Alana imagina Murrin pris au piège, en colère contre elle, révolté d'être séquestré sur la terre ferme. Elle ne voulait pas qu'il ait un jour le même regard plein d'amertume que son frère.

— Alors qu'est-ce que je dois faire ? chuchota-t-elle.

— Une mortelle ne peut être liée à deux selkies... Prends ma peau et Murrin sera libre.

— Pourquoi ferais-tu ça ? On serait...

Alana essayait de ne pas trembler à l'idée d'être liée à Vic.

— Je n'ai aucune envie d'être... à toi.

— Je ne suis pas ton genre ?

Il se rapprocha d'elle, aussi malsain et attirant qu'il lui était apparu à la fête sur la plage.

— Ah, Alana ! Je regrette de m'y être si mal pris avec toi quand on s'est rencontrés. Je veux aider Murrin comme il m'a aidé. Sans lui, Zoé et moi... on serait encore prisonniers, et je serais condamné sur terre. Mon frère nous a libérés.

— C'est sympa pour lui, *mais je ne veux pas de toi.*

C'est à peine si elle réussit à dissimuler un nouveau frisson à cette idée.

Vic hocha la tête.

— Ce n'est qu'un détail. Je n'exigerai pas de toi ce que tu donnes à Murrin... Je ne cherche pas une épouse, je veux juste arranger les choses. Je me suis sans doute mal exprimé la première fois – ça, on ne peut pas dire que j'aie autant d'expérience que Murrin avec les mortelles, mais...

Alana se figea.

— Qu'est-ce que tu sous-entends ?

— Voyons, Alana. Tu te doutes bien que la fidélité n'est pas vraiment dans nos gènes. Regarde-nous !

Veikko se désigna d'un geste de la main. Il avait repris cet air sûr de lui.

— Les filles nous repoussent rarement, tu sais. Elles sont des centaines à ressentir la même chose que toi en nous voyant... Non pas que Murrin soit sorti avec toutes, hein ! Mais ce que tu ressens est instinctif, une simple réaction aux phéromones. Ce n'est pas vraiment de l'amour.

Alana était tiraillée entre jalousie et résignation. Vic ne lui apprenait rien. D'une certaine manière, c'était juste une version extrême de la logique qui présidait à la règle des six semaines.

— J'ai une dette envers lui, disait Vic. Tu ne crois quand même pas que tu l'aimes vraiment, si ?

Elle ne pleura pas, pourtant elle en avait envie. Elle n'avait encore rien dit à Murrin, mais elle y avait pensé. Elle l'avait ressenti.

Alors je ne serais qu'une idiote ? Rien de tout ça ne serait vrai ?

Elle avait questionné Murrin, mais avait-il répondu honnêtement ? Et, au bout du compte, qu'est-ce que ça changeait ? S'il devait la détester avec le temps, mieux valait le laisser partir. Elle ne voulait pas que ça finisse ainsi entre eux.

Si Vic disait la vérité, elle n'avait aucune raison de retenir Murrin prisonnier et toutes les raisons de le libérer. *Bientôt.* Il ne lui appartenait pas. Pas du tout, même. *C'est une ruse.* Sa place était dans l'océan, pas dans ces relations fugaces qu'il vivait avec d'autres filles. *Mes sentiments ne sont-ils qu'un leurre, ou bien est-ce que Vic me ment ?* Il semblait plus logique qu'il dise la vérité : personne ne tombe amoureux aussi vite ; on ne déroge pas aussi facilement à ses principes. *C'est cet envoûtement.* Elle se força à détourner ses pensées du magma d'émotions qui l'animait et prit plusieurs inspirations pour tenter de se calmer.

— Alors, comment on fait ?

Murrin retrouva Alana assise sur le récif, mais elle avait l'air triste. Elle semblait avoir pleuré.

— Salut.

C'est à peine si elle leva les yeux vers lui.

— Quelque chose ne va pas, Alana ?

Il ne voulait pas être indiscret : elle l'avait accepté dans sa vie, mais ce lien semblait encore fragile.

Elle lui tendit la main pour toute réponse.

Il s'assit derrière elle, et Alana se blottit dans son étreinte. Les vagues se déversaient sur les rochers à découvert, jusqu'à la saillie où ils se trouvaient. Murrin soupira au contact de la grande bleue. *Ma famille.* Il n'aurait jamais imaginé éprouver un tel bonheur : Alana et l'océan, tous deux au contact de sa peau.

Tout est parfait... sauf qu'Alana semble triste.

— Je ne pensais pas que... je m'attacherais, surtout aussi vite, dit-elle. Mais je veux que tu sois heureux, même si tout ça n'est pas réel...

— *C'est* réel...

Murrin sortit le collier de perles et le passa autour du cou d'Alana.

— ... et je suis heureux.

Elle soupira doucement en effleurant les perles du bout des doigts.

— Je ne peux pas...

Elle secoua la tête.

— Ça te manque ?

— Quoi, l'océan ?... Il est juste là.

— Mais est-ce que ça te manque de ne pas pouvoir y retourner librement, pour aller voir les tiens ? insista-t-elle, crispée dans ses bras.

— Je ne t'abandonnerai pas...

La mère de Murrin avait souvent considéré l'océan

comme un ennemi qui lui enlèverait sa famille si elle ne prenait pas garde. Ce n'était pas ce qu'il voulait.

Il serra Alana un peu plus fort.

— Je suis exactement là où j'ai envie d'être.

Alana acquiesça mais il sentit des larmes couler sur ses mains.

Après réflexion, Alana estima que c'était stupide de se fier entièrement à Vic. Il avait raison sur un point : elle devait rendre sa liberté à Murrin avant que l'amour ne cède à l'amertume. Murrin n'était pas lucide. L'envoûtement qui le poussait à rester auprès d'elle l'empêchait d'admettre que l'océan lui manquait terriblement. S'il retournait parmi les siens, il pourrait faire d'autres rencontres. Pour autant, elle ne voulait pas prendre le risque de se retrouver liée à Vic ; elle décida donc d'adopter un stratagème auquel elle avait déjà songé, mais qu'elle considérait alors comme trop dangereux.

Dangereux et vain, puisque l'amour a pris le dessus.

Il dormait lorsqu'elle quitta l'appartement. Elle aurait aimé l'embrasser pour lui dire adieu, mais il risquait de se réveiller.

Elle laissa la porte se refermer derrière elle ; puis elle sortit sans un bruit dans la rue et ouvrit le coffre de la voiture. Sa peau était toujours à l'intérieur. Elle faisait partie de lui autant que l'enveloppe apparemment humaine qu'elle avait caressée quand il s'asseyait à côté d'elle, le soir, pour regarder des vieux films. Avec délicatesse, elle serra la peau contre elle en essayant de ne pas s'émerveiller devant son incroyable douceur, puis elle s'enfuit.

Ses yeux n'étaient pas embués de larmes. *Pas encore.* Elle aurait tout le temps de pleurer après. Elle devait d'abord faire tout son possible pour arriver à la plage avant qu'il ne réalise ce qu'elle était en train de faire. Elle parcourut les rues à toutes jambes à la lumière de l'aube. Le soleil n'allait pas tarder à se lever, mais il était encore trop tôt pour que les surfeurs soient déjà là.

Elle savait que Murrin la rejoindrait bientôt. Il était obligé de répondre à l'appel de sa peau si Alana la tenait entre ses mains ; mais ce n'était pas la cause de son empressement. Parallèlement à son désespoir, elle éprouvait le besoin d'en finir au plus vite.

C'est la seule solution.

Elle avança dans le ressac. Les vagues la ballottaient comme d'étranges petites créatures donnant des coups de corne contre ses genoux pour l'entraîner sous la surface ; des algues glissèrent sur sa peau nue, des filaments sinueux qui lui glacèrent le sang.

C'est mieux ainsi.

Murrin était déjà là. Elle l'entendit crier.

— Alana ! Ne fais pas ça !

Sinon, on finira tous les deux malheureux.

La peau pesait lourd ; elle s'y cramponna de toutes ses forces.

Il était désormais tout près.

— Non...

Alana n'entendit pas la suite. Elle laissa les vagues l'engloutir, puis elle ferma les yeux et attendit. Mais l'instinct de survie l'emporta sur l'envoûtement et ses bras relâchèrent machinalement la peau. Elle se mit à nager.

Elle sentit Murrin tout proche. Sa fourrure de selkie douce comme de la soie l'effleura tandis qu'il se transformait en phoque au pelage lisse et brillant. Elle le caressa brièvement, puis nagea loin de lui et du vaste océan vers lequel il se dirigeait.

Adieu.

Elle ignorait si c'était la mer ou ses larmes mais, en remontant à la surface, elle sentit un goût de sel sur ses lèvres.

De retour sur la grève, elle l'aperçut ; il était trop loin pour entendre sa voix si jamais elle cédait et le suppliait de revenir. De toute façon, elle ne le ferait pas. Une relation née d'un envoûtement était vouée à l'échec. Ce n'était pas ce qu'elle voulait, ni pour elle ni pour lui. Elle en était convaincue, mais ça n'atténuait pas la douleur de son absence.

Je ne l'aime pas réellement. La magie va s'éteindre.

Elle aperçut Vic qui l'observait depuis le rivage. Il lui cria quelque chose qui se perdit dans le roulis des vagues sans qu'elle l'entende, puis il disparut à son tour. Vic et Murrin étaient partis, abandonnant Alana au seul souvenir d'avoir fait le bon choix. Car ses sentiments n'étaient pas réels...

Mais alors pourquoi est-ce aussi douloureux ?

Durant plusieurs semaines, Murrin observa Alana, cette compagne qui n'en était plus une, sur ce rivage devenu étranger. Il ne savait pas quoi faire. Elle l'avait repoussé, renvoyé à la mer, mais elle ne semblait pas s'en remettre.

Si elle ne m'aimait pas, pourquoi pleure-t-elle ?

Puis, un jour, il la vit porter le collier qu'il lui avait offert. Elle était assise sur le sable, caressant le rang de perles avec précaution, du bout des doigts. Et, ce faisant, elle pleurait.

Il approcha du rivage, près de l'endroit où il l'avait vue pour la première fois, où il avait observé ses habitudes pour essayer de trouver le meilleur moyen de lui plaire. C'était plus difficile à présent, sachant qu'elle connaissait presque tous ses secrets et que, visiblement, elle lui manquait. Au bord de l'eau, il se glissa hors de sa peau animale et la cacha dans une cavité sous le récif, à l'abri des regards. De gigantesques étoiles de mer s'accrochaient à la roche, et il se demanda si Alana les avait vues. Aujourd'hui encore, il pensait très souvent à elle, à son bien-être, à son rire, à sa peau douce.

Alana ne l'entendit pas approcher. Il s'avança jusqu'à elle et lui posa la question qui n'avait cessé de le tourmenter :

— Pourquoi es-tu triste ?

— Murrin ?!

Alana fourra le collier dans sa poche, puis elle se leva à reculons en regardant où elle posait les pieds, sans doute par crainte de tomber sur sa peau.

— Je t'ai libéré. Va-t'en !

— Non.

Depuis leur séparation forcée, il ne rêvait que de ça : être près d'elle. C'était plus fort que lui.

Il sourit.

— Où est-*elle* ? demanda Alana.

Elle continuait à jeter des regards nerveux autour d'elle, vers les flaques laissées par la marée.

— Tu veux voir où je...

— Non !

Elle croisa les bras sur sa poitrine, l'œil mauvais.

— Je ne veux pas que ça recommence !

— Je l'ai cachée. Tu ne la trouveras pas, sauf si tu souhaites que je te conduise jusqu'à elle.

Il se rapprocha, et cette fois elle ne recula pas ; mais elle n'avança pas vers lui comme il l'avait espéré.

— Mais tu... tu es nu.

Alana rougit et détourna les yeux. Elle attrapa son sac à dos pour en sortir le gros pull à capuche et le jean qu'elle avait trouvés chez le fripier lorsqu'ils faisaient du shopping ensemble, la première semaine de leur rencontre.

— Tiens, dit-elle en lui tendant les vêtements.

Fou de bonheur qu'elle transporte encore ses affaires avec elle – ça signifiait forcément qu'elle espérait son retour –, Murrin s'habilla.

— On marche un peu ?

Elle acquiesça.

Ils firent quelques pas avant qu'elle ne brise le silence.

— Tu n'as aucune raison d'être ici. J'ai rompu le sort. C'est inutile de...

— Quel sort ?

— Celui qui te liait à moi. Vic m'a tout expliqué. Maintenant tu peux t'unir à une selkie... C'est ce qu'il y a de mieux pour toi.

— Vic t'a tout expliqué ? répéta-t-il, stupéfait.

Veikko avait persuadé Alana de risquer sa vie pour se débarrasser de son frère. À cette pensée, Murrin sentit son cœur gronder sourdement, comme lorsqu'il affrontait les vagues en pleine tempête.

— Mais pourquoi est-ce que tu l'as cru ?

Alana rougit à nouveau.

— Qu'est-ce qu'il t'a raconté ?

— Que tu finirais par m'en vouloir de t'avoir arraché à la mer, mais que tu ne pourrais pas me l'avouer, et que mes sentiments étaient juste le fruit des phéromones... comme pour les centaines de filles que tu...

Elle rougit encore plus.

— Je t'ai vu une nuit, Murrin. Tu avais l'air si triste !

— C'est maintenant que je suis triste, quand je te vois depuis l'océan.

Il l'attira contre lui, dans ses bras, et l'embrassa comme ils l'avaient fait à de rares moments.

— Je ne comprends pas...

Alana caressa ses lèvres du bout des doigts, comme si son baiser avait un goût étrange.

— *... pourquoi ce baiser ?*

Face à lui, les lèvres gonflées par leur étreinte et le regard farouche, Alana était d'une beauté sans pareille, plus belle que la mer elle-même. Murrin continua à la serrer dans ses bras ; c'était là qu'elle devait être, et il voulait qu'elle y reste pour toujours.

— Parce que je t'aime, Alana. C'est bien comme ça qu'on exprime...

— Non, écoute... ! Rien ne t'oblige à m'aimer à présent. Je t'ai libéré.

Sa voix était douce, un murmure dans le vent de la mer.

— Je n'ai jamais été *obligé* de t'aimer. Je devais juste rester avec toi à moins de récupérer ma peau. Si j'avais voulu partir, je l'aurais retrouvée en temps et en heure.

Alana le regarda avec son habituelle méfiance, mais cette fois il y avait une nouvelle lueur dans ses yeux : l'espoir.

— Vic a menti parce que j'ai aidé sa compagne à le quitter. Il sortait constamment avec d'autres filles... pendant qu'elle était prisonnière et malheureuse.

Murrin détourna le regard un instant, l'air gêné.

— Notre famille n'est pas au courant. Enfin, elle s'en doute peut-être, mais Veikko n'a jamais rien dit, parce qu'il serait forcé d'admettre sa cruauté. Je croyais qu'il m'avait pardonné. Il disait que...

— Que quoi ?

— C'est mon frère. Je lui faisais confiance...

— Moi aussi.

Elle se pencha pour l'enlacer.

— Je te demande pardon...

— Tôt ou tard, je devrai régler ça avec lui.

Murrin semblait à la fois triste et réticent.

— Mais, d'ici là, s'il vient te parler...

— Je te préviendrai.

— Plus de secrets entre nous, dit-il avant de l'embrasser encore.

Ses lèvres avaient le goût de l'océan. Elle ferma les yeux et savoura le contact de ses mains sur sa peau, cédant à la tentation de promener ses doigts sur son torse. C'était la sensation grisante dont elle rêvait presque chaque nuit depuis son départ. Son pouls palpitait dans ses veines, semblable au fracas des vagues dans son dos, tandis que les lèvres de Murrin se posaient sur son cou.

Il est à moi. Il m'aime. On peut...

— Ma merveilleuse femme, chuchota-t-il.

Avec une certaine réticence, elle s'écarta légèrement.

— On pourrait s'y prendre différemment cette fois, aller moins vite. Je ne veux pas te perdre, mais ce n'est pas une bonne idée de se marier à mon âge. J'ai l'intention de...

— Voir d'autres garçons ?

— Non, pas du tout.

Alana s'assit sur le sable. Comme il ne bougeait pas, elle prit sa main et tira doucement dessus jusqu'à ce qu'il se pose à côté d'elle.

— Je ne veux personne d'autre que toi, mais je ne suis pas prête pour le mariage. Je n'ai même pas fini le lycée.

Elle jeta un œil vers lui.

— Tu me manques tout le temps, mais je ne veux pas tout quitter. Et je ne veux pas non plus que tu changes pour moi. La mer te manquait, n'est-ce pas ?

— Oui. Mais, avec le temps, ça passera. C'est comme ça.

Murrin semblait vraiment calme ; pourtant, même si Vic avait menti à bien des égards, Alana savait que *ça*, ce n'était pas un mensonge : cette tristesse qu'elle avait lue sur le visage de Murrin quand elle l'avait surpris en train de contempler la mer, elle ne l'avait pas inventée.

— Et si tu restais dans l'océan ? On pourrait quand même... se voir, non ? Tu pourrais continuer ta vie et moi mes études...

— Tu serais mienne sans que je renonce à la mer ?

Son ton sceptique la fit rire.

— Tu sais, la mer n'est pas une rivale pour moi...

— Mais où est le sacrifice dans tout ça ?

— Nulle part. C'est plutôt une question de patience, de confiance et de fidélité à soi-même.

Elle se blottit dans ses bras, où elle retrouvait la sérénité et le plaisir que la mer lui avait toujours procurés.

Comment ai-je pu croire que nous serions mieux l'un sans l'autre ?

Murrin sourit.

— Alors on reste ensemble : moi avec la mer et toi... avec tes études ? On dirait que j'ai tout... Mais toi ?

— Moi aussi. Je t'ai *toi*, et j'ai aussi du temps pour étudier et avoir un jour un métier.

Elle avait enfreint sa règle des six semaines, mais avoir un petit ami ne signifiait pas forcément renoncer à un avenir. Avec Murrin, elle pouvait avoir les deux.

Ce dernier attrapa le collier de perles dans la poche d'Alana et, d'un air solennel, l'attacha autour de son cou.

— Je t'aime.

Alana l'embrassa, d'une simple pression des lèvres, et prononça les mêmes mots.

— Je t'aime aussi.

— Désormais, plus d'histoires de peau ou d'envoûtement, promit-il.

— Oui, rien que toi et moi.

Finalement, c'était la plus belle des magies.

LE FANTÔME DE MES RÊVES

LAURIE FARIA STOLARZ

Un

Je me réveille avec des sueurs froides : une sensation vive, pénétrante, s'étire le long de ma colonne vertébrale et fait trembler mes mains. Je m'enveloppe sous les couvertures, le cœur battant...

Mon poignet me fait mal.

J'allume la lampe de chevet pour y jeter un œil. Encore un bleu en perspective : une énorme marque rouge encercle l'extrémité de mon avant-bras. Attrapant le stylo sur ma table de nuit, j'ajoute une croix au compte que je tiens depuis deux semaines que nous avons emménagé ici. C'est la sixième fois que ça se produit.

La *sixième*.

Six fois que je me réveille avec un hématome sur le corps.

Six fois que je me retrouve les yeux grands ouverts en pleine nuit, trop terrifiée pour me rendormir.

À cause de la voix qui hante mes rêves.

Depuis notre emménagement, je fais ces drôles de cauchemars. J'entends la voix d'un garçon. Je ne vois jamais son visage, c'est juste sa voix qui me chuchote à l'oreille des choses que je n'ai pas envie d'entendre : que les fantômes existent et que je dois l'écouter, sinon il ne me laissera pas tranquille.

Heureusement, j'arrive à me réveiller de force. Mais c'est là qu'il m'empoigne ; tellement fort que ça laisse une marque.

Je sais, ça paraît complètement dingue. Au début, j'ai essayé de trouver une explication logique : peut-être que je m'étais tordu le bras en dormant, que je m'étais cogné la jambe contre un angle du lit ou retournée dans une mauvaise position.

J'ai essayé de me persuader que ces rêves étaient dus au stress. Stress de devoir déménager quasiment à l'autre bout du pays, de changer de lycée et de laisser tous mes amis derrière moi. Après tout, il y a forcément un temps d'adaptation, non ?

Maintenant, je sais qu'il ne s'agit pas de ça. Parce que, entre les bleus et les poches de plus en plus grosses que j'ai sous les yeux faute de sommeil, je sens que la situation empire.

— Brenda ? s'étonne ma mère près de la porte de ma chambre. Tu es réveillée ?

Alors que j'enfouis mon poignet sous les couvertures, je réalise que l'odeur du garçon – comme celle des pommes au four – persiste dans mes draps.

— Tu gémissais dans ton sommeil...

Je jette un œil aux chiffres rouge vif qui luisent sur l'écran du réveil : quatre heures du matin.

— Sans doute un mauvais rêve, dis-je d'un ton évasif.

Ma mère hoche la tête en jouant avec la ceinture de son peignoir, s'attardant sur le pas de la porte avant de finalement se risquer à poser la question :

— C'est encore ces histoires de voix que tu entends... ?

Je l'observe attentivement en me demandant si elle supportera la réponse, et j'en conclus que non. Alors je secoue la tête et, instantanément, l'inquiétude laisse place au soulagement sur son visage. Elle pousse un soupir en s'efforçant de sourire, toujours en gigotant dans son peignoir, probablement soucieuse de mon équilibre mental.

Et je la comprends.

Parce que moi aussi, ça m'inquiète.

Ce n'est pas la première fois que mes parents me trouvent debout aux premières heures du matin. Ni la première fois qu'ils se plaignent de m'entendre gémir ou qu'ils me regardent d'un air effrayé – regard qui sous-entend que je deviens folle.

Ni qu'ils remarquent tous mes bleus.

Le premier que j'ai eu, c'était à la cheville : une grosse tache violette bordée d'éraflures. Cette nuit-là, je suis allée dans leur chambre pour leur demander si eux aussi entendaient cette voix, pensant que quelqu'un était peut-être entré par effraction dans la maison… et que je n'avais peut-être pas du tout rêvé.

Mais non, mes parents ont répondu qu'ils n'avaient rien entendu. Après que mon père eut tout inspecté devant mon insistance, ils semblaient vraiment inquiets, comme s'ils avaient surtout peur pour *moi*.

— Tu veux que je te prépare un lait chaud ? me propose maintenant ma mère.

— Non merci.

La voix du rêve résonne encore dans ma tête. Elle joue avec mon imagination : un souffle lent et cadencé qui débite sans relâche les deux syllabes de mon prénom : « Bren-da, Bren-da… »

— Ne t'en fais pas, maman, je vais me rendormir.

Au même instant, j'aperçois mon reflet dans le miroir de la coiffeuse. J'ai les yeux striés de petites veines rouges qui mangent mon regard d'ordinaire vert clair. Et mes cheveux sont en bataille, ou plus précisément ce n'est plus qu'un enchevêtrement rebelle de boucles auburn relevées au sommet de ma tête dans une queue-de-cheval négligée ;

pas étonnant, sachant que je ne supporte pas l'idée de devoir coiffer cette crinière encombrante.

Sachant aussi que je n'ai pas fait une seule nuit complète depuis qu'on a emménagé ici.

— Bonne nuit, dis-je à voix basse à ma mère en reposant la tête sur l'oreiller pour la tranquilliser afin qu'elle retourne se coucher.

Remontant les couvertures jusqu'à mes oreilles, je fredonne un petit air en silence dans l'espoir de me calmer.

Et surtout de faire taire cette voix.

DEUX

Le lendemain au lycée, M. Dubois, mon professeur de français, nous fait former des binômes pour un exercice de jeu de rôle destiné à nous familiariser avec cette langue. Je prends le nom d'Isabelle, et Raina, ma partenaire, celui de Marie-Claire. On commence par discuter de nos loisirs et de nos emplois du temps, puis, une fois que le prof a l'air bien absorbé par les photos de fromages français qu'il est en train d'accrocher au mur et que Raina et moi avons épuisé notre stock de vocabulaire français, elle me raconte que l'an passé, à la mi-décembre, juste avant le bal semestriel des deuxièmes années, elle aussi était nouvelle.

— Sérieusement, ça craint de devoir abandonner toute son ancienne vie, dit-elle en tressant de côté une longue natte épaisse dans ses cheveux café.

J'acquiesce en repensant aux amis que j'ai quittés, en me demandant ce qu'ils sont en train de faire à l'heure qu'il est...

Et si je leur manque aussi.

— J'ai remarqué que tu ne parlais à personne, poursuit Raina. Je t'ai vue assise toute seule dans la cafétéria l'autre jour. C'est du suicide social, tu sais ! Si tu ne fais rien, tu vas finir par te griller.

— Du suicide social ?

Elle acquiesce sans interrompre son geste, en essayant de glisser ses mèches folles dans sa natte malgré toutes les barrettes qu'elle a déjà sur la tête.

— C'est mortel pour la vie sociale ! Ça conditionne le reste de ta vie de lycéenne, surtout au milieu de l'année : tout le monde est déjà cliqué !

— *Cliqué ?*

— Ben oui, cliqué.

Ses yeux noisette s'arrondissent légèrement, comme si ça lui faisait un choc que je ne comprenne pas son jargon, surtout que ça fait maintenant cinq bonnes minutes qu'on discute en anglais.

— Tout le monde a déjà choisi sa clique, m'explique-t-elle. Les gens vont te prendre pour une solitaire. Mais c'est peut-être ce que tu cherches...

— Je n'y ai pas vraiment réfléchi.

— Eh bien, tu devrais. Le temps presse.

Je sens mon visage se chiffonner ; son raisonnement m'embrouille autant que son vocabulaire.

— Tu veux savoir ce que j'en pense ? ajoute-t-elle.

J'ouvre la bouche pour changer de sujet, lui parler du prochain devoir, mais Raina n'attend pas pour me donner son avis :

— À quoi bon faire la tête à cause d'un stupide déménagement à Pétaouschnock, Massachusetts ? Ce n'est qu'à une heure et douze minutes en voiture de Boston... bon, je te l'accorde, quand il fait beau. Moralité : tu devrais traîner plus souvent avec Craig et moi !

Au même instant, un brun coiffé en pétard et le visage couvert de taches de rousseur que je présume être Craig pivote sur son siège.

— On me demande ?

— Craig, Brenda. Brenda, Craig, dit Raina.

— *Enchanté*, me salue Craig avec un faux accent français. Mais tant que ça n'a pas sonné, moi c'est Jean-Claude.

Tout en roulant des yeux, Raina informe Craig de ma « situation », non sans transformer mon statut de nouvelle élève en diagnostic sociologique. D'après elle, je n'ai plus qu'une semaine à tout casser pour me débarrasser de mon étiquette de solitaire et faire un retour en force avant d'être cataloguée à vie comme « pauvre fille ».

— Ne fais pas attention à elle, dit Craig, comme s'il devinait mon embarras. Elle a tendance à s'emballer un peu quand il s'agit de politique sociale.

— N'importe quoi ! réplique Raina en enroulant un élastique au bout de la natte qu'elle vient enfin de terminer. Tu sais parfaitement que j'ai raison.

Craig hausse les épaules et se tourne vers moi.

— Alors, qu'est-ce que tu en dis ? *Rendez-vous tous les midis à partir de demain ?* propose-t-il dans un français impeccable.

— Tu es vraiment un fayot, soupire Raina.

— Ça marche, dis-je en souriant.

Pour la première fois depuis mon arrivée ici, j'ai la conviction d'être une fille à peu près normale.

Trois

Je suis dans ma chambre lorsque le gong de la pendule au rez-de-chaussée indique vingt-trois heures, mais je n'ai pas envie de dormir. Promenant les doigts sur mon poignet, je constate que la marque rouge a viré au violet et que mon estomac se noue un peu plus à chaque carillon.

J'ai fait tous mes devoirs, j'ai pris ma douche et classé tous mes livres sur l'étagère par ordre alphabétique, en faisant mon possible pour rester éveillée. Mais, après un téléachat sur des collants galbants spécial fessier, une course-poursuite de flics dans *Appel d'urgence* et plus d'une heure en ligne sur le site QVC, rubrique bijoux, je sens que je commence à somnoler.

Jusqu'à ce que j'entende quelqu'un frapper à la porte.

— Oui… ?

Je suppose que c'est ma mère ; souvent, la nuit, elle vient vérifier que tout va bien.

Mais la porte ne s'ouvre pas.

Je me redresse dans mon lit pour allumer la lampe de chevet.

— Maman… C'est toi ?

Pas de réponse.

En poussant un soupir, je me lève pour aller ouvrir. Je

tourne le bouton mais il ne bouge pas, comme si la porte était verrouillée de l'intérieur.

— Maman ? répété-je en essayant toujours de tourner le bouton.

Je tambourine sur la porte pour tenter d'attirer l'attention de mes parents à l'autre bout du couloir.

Mais personne ne vient. Et impossible de faire pivoter ce bouton.

— Brenda ? chuchote une voix quelque part dans mon dos.

Sa voix. Celle du garçon de mes rêves.

Je me tourne, le cœur battant à tout rompre.

— Est-ce que tu es prête à m'écouter ? dit-il encore.

Je jette un œil dans la chambre, mais je ne le vois nulle part. Soudain, tout a changé dans la pièce. Mon lit est enveloppé dans des draps bleu marine au lieu des couvertures roses qui s'y trouvaient un instant plus tôt. Et les plaques de natation et de hockey sur gazon qui étaient accrochées aux murs (des trophées gagnés depuis cinq ans) ont été remplacées par une collection de souvenirs des Bruins de Boston : fanions, crosses de hockey et affiches.

Je secoue la tête en me demandant où je suis ; ce n'est pas ma chambre, et je n'ai rien à faire ici.

— Il faut qu'on parle, chuchote la voix.

Sentant son souffle sur ma nuque, je fais volte-face pour essayer de le frapper à toute volée, mais en vain. Je tape dans le vide. C'est alors que la lumière s'éteint et me plonge dans une obscurité totale.

Une minute plus tard, un rayon de lumière projeté par la lune traverse la fenêtre, illuminant un coin de la pièce où une ombre se déplace sur le mur.

Je me jette sur la porte. Je frappe dessus comme un sourd, je donne des coups de pied dedans et tire sur le bouton de toutes mes forces.

Rien à faire.

— N'aie pas peur, dit la voix du garçon.

Il s'avance sous le clair de lune pour que je puisse le voir – lui, ses yeux bleu clair et ses lèvres charnues. Il doit avoir mon âge, dix-sept ou dix-huit ans tout au plus, il a au moins dix centimètres de plus que moi et des cheveux couleur acajou.

Comme il approche, une ombre se détache de son arcade sourcilière, révélant une entaille sur son front comme s'il s'était cogné contre quelque chose. La plaie est récente et profonde.

— Je m'appelle Travis. Ça fait très longtemps que j'attends quelqu'un comme toi.

Habillé tout en noir, du tee-shirt qui lui moule le torse aux bottes en caoutchouc qui protègent ses pieds, il me fixe du regard, impassible, se refusant à cligner des yeux.

— Quelqu'un comme moi ? répété-je, interloquée.

Il hoche la tête en se rapprochant un peu.

— Quelqu'un qui peut me voir et m'entendre. J'ai tellement espéré ce moment...

Je recule d'un pas, et me retrouve adossée à la porte.

— Désolé pour ton poignet, dit-il en tendant la main pour le toucher.

Mais je ne lui en laisse pas le temps car j'écarte le bras d'un geste brusque.

— Je ne voulais pas te faire mal. J'essayais juste de te retenir pour que tu ne te réveilles pas et que ton rêve continue.

Il s'approche encore ; il n'est plus qu'à quelques centimètres de moi.

— C'est dur pour nous, les fantômes. On ne mesure pas notre force, surtout quand on essaie d'établir un contact physique avec ceux qui ne dorment pas ou qui, comme toi, sont sur le point de se réveiller. Tout est une question de fréquence et d'énergie. C'est très compliqué.

Il sourit tandis que je secoue la tête, essayant tant bien que mal de me réveiller. Je pense qu'il le sent car presque aussitôt, il agrippe mon avant-bras.

— S'il te plaît, insiste-t-il d'un ton subitement très sérieux. Reste avec moi ce soir.

— Non !

Je hurle en me dégageant brusquement.

Il tente d'attraper de nouveau mon bras, mais mes cris me réveillent.

— Brenda ? dit mon père en ouvrant précipitamment la porte.

Je me redresse pour tenter de reprendre mon souffle et constate alors que, dans ma chambre, mes couvertures roses, mes plaques..., tout semble redevenu normal.

— Tout va bien, ma chérie ?

Paniqué, mon père jette un œil dans la pièce.

Je fais de mon mieux pour hocher la tête, même si je suis loin de me sentir « bien ».

De vifs picotements persistent encore dans mon avant-bras.

QUATRE

Le lendemain midi, au lieu de m'asseoir toute seule, je rejoins Raina et Craig qui me font signe. Une aubaine. Car, suicide social mis à part, j'ai sérieusement besoin de me changer les idées. Mon rêve de la nuit dernière m'obsède.

Si seulement je pouvais tout raconter à quelqu'un. Malheureusement, c'est un peu comme quand ma sœur est morte. À l'époque, j'ai essayé d'expliquer ce que je ressentais, ou plutôt ce que je *pres*sentais, mais personne n'a compris.

Et comment leur en vouloir ?

Il n'y a rien à comprendre à quelque chose d'aussi absurde : l'apparition de ma sœur Emma dans son uniforme de scout – celui qu'elle voulait absolument porter à chaque vente de pâtisseries et chaque réunion des troupes, ou juste pour traîner dans le jardin – alors que ça faisait six mois qu'elle était dans le coma.

Pourtant, je revois encore la scène ce jour-là. Elle a ouvert la porte d'entrée de la maison, puis elle a traversé le salon pour me dire au revoir en m'embrassant et elle s'est volatilisée sans un mot.

Je savais que c'était son fantôme. Qu'elle était finalement morte. Quand j'ai essayé de le dire à ma mère, elle s'est décomposée. Elle a refusé de me croire et m'a reproché d'être insensible et cruelle d'inventer de telles horreurs. Pourtant, à peine cinq minutes plus tard, mon père appelait de l'hôpital : Emma s'était éteinte.

Craig fait glisser un saladier rempli de frites crénelées et un tube de sauce Ranch jusqu'à moi.

— Alors, ça roule ?

Raina fronce les sourcils en voyant son offre.

— Tu tiens vraiment à la dégoûter dès son premier déjeuner avec nous ?

— À vrai dire, ça a l'air bon.

Ma réponse semble plaire à Craig. Son sourire s'élargit, exhibant un trou minuscule mais adorable entre ses deux dents de devant.

— Je savais bien que cette fille avait du goût !

On finit par s'échanger nos déjeuners comme en primaire : un peu de tes frites contre mes deux branches de céleri fourrées au beurre de cacahuète. Puis Craig propose une virée pendant le week-end.

— Raina et moi, on pourrait te faire visiter la ville ?

— Ça devrait prendre au max cinq minutes! plaisante Raina en regardant le bleu sur mon poignet.

Je tire sur ma manche pour le cacher, et je leur fais signe que je suis partante pour la balade. Au final, le rendez-vous est fixé à samedi soir, dix-neuf heures pétantes. Craig propose de passer me prendre, et c'est là que je leur donne mon adresse.

— Tu veux rire ? suffoque Raina, qui manque de s'étrangler avec son lait-fraise. Tu habites la maison du massacre ?

— De quoi tu parles ? dis-je en mâchonnant.

— T'inquiète, intervient Craig d'un ton plus ou moins léger. C'est juste que dans ton sympathique quartier...

— ... il y a eu un bain de sang ! s'écrie Raina, terminant

la phrase pour lui. L'agent immobilier ne vous a pas raconté l'histoire de cette maison ?

Je secoue la tête tandis qu'ils me donnent les détails : un garçon de dix-sept ans a été assassiné là-bas, la police a retrouvé son corps dans la salle de bains, et c'était le petit ami de la mère le coupable.

— Un coup violent sur la tête, à ce qu'il paraît, ajoute Craig. Ce salaud l'a frappé avec un pied-de-biche, et il s'est écroulé contre la baignoire en fonte.

— D'où le « bain » de sang, me fait remarquer Raina.

— Charmant !

Je repense au garçon du rêve...

Il avait une entaille sur le front.

— Sérieusement, dit Raina, je ne sais même pas comment tu arrives à dormir la nuit. On dit que cet endroit est méga hanté !

— Justement : je ne dors pas, dis-je, l'estomac subitement barbouillé. Enfin, d'habitude *si*.

— Ah, ça explique tout ! Je ne veux pas te vexer, mais tu te trimballes de méchantes valises sous les quinquets et laisse-moi te dire que ce n'est pas du Vuitton.

— Bonjour le tact, soupire Craig.

Raina me tend un stick d'anticernes en m'expliquant que c'est « *le* truc magique », exclusivement réservé aux lendemains de nuits studieuses.

— Ce qui explique pourquoi le tube est encore neuf, plaisante Craig.

Pendant qu'ils continuent à se chamailler, je m'enfonce dans mon siège, réprimant tant bien que mal une forte envie de vomir.

— Ça va, Brenda ? s'inquiète Craig, qui a dû s'apercevoir de mon malaise.

— Ouais, tu n'as pas l'air dans ton assiette, renchérit

Raina. Si tu pouvais éviter de me balancer un morceau de frite dans ma sauce saté, ça m'arrangerait…

— Faut que j'y aille.

D'un bond, je me lève, j'attrape mes livres en vitesse et je sors comme un ouragan de la cafétéria, renonçant à l'anti-cernes de Raina puisque, visiblement, il faudra bien plus que du maquillage pour arranger les choses chez moi…

Y compris dans mes rêves.

Cinq

Après le lycée, à peine arrivée chez moi, je pose mes livres par terre et me rue sur mon ordinateur. Je commence mes recherches en tapant notre adresse dans Google – ce qui suffit amplement : un article de la *Gazette Addison* apparaît aussitôt.

Ça ne parle que de notre maison, du fait qu'elle a finalement été vendue – à mes parents – après être restée des années sur le marché. Apparemment, nous ne sommes pas les premiers à avoir vécu ici depuis le bain de sang. Deux autres familles ont occupé les lieux, mais il ne leur a pas fallu longtemps pour plier bagage : six mois pour la première, six ans pour la seconde. Les deux ont déclaré qu'il y avait des bruits effrayants la nuit.

L'article enchaîne avec l'historique de la maison et ce qui s'y est passé vingt ans plus tôt. Raina et Craig disaient vrai. Un garçon de dix-sept ans a été tué. Son corps a été retrouvé dans la baignoire ; il avait été frappé à la tête par un pied-de-biche.

— Travis Slather, dis-je en lisant le nom de la victime à voix haute.

Un goût désagréable m'envahit la bouche. Je ferme les yeux pour essayer de faire le point en repensant au garçon dont j'ai rêvé la veille.

Il m'a dit qu'il s'appelait Travis.

D'après l'article, Jocelyne, sa mère, était à la maison quand ça s'est produit, mais elle aussi avait reçu de violents coups. La police l'a retrouvée blottie dans le placard de l'entrée au rez-de-chaussée, à peine consciente. En poursuivant ma lecture, j'apprends quelques détails sur le meurtrier : c'était effectivement le petit ami de la mère, il avait un casier judiciaire chargé d'inculpations pour violences conjugales, et il purge actuellement une peine de prison à perpétuité.

Je jette un œil à ma chambre pour me remémorer le décor du rêve, l'attirail des Bruins, les draps bleu marine, et d'instinct je comprends que c'était *sa* chambre ; ce qui me pousse à approfondir mes recherches.

De fil en aiguille, je tombe sur un site intitulé « Les maisons les plus hantées de Nouvelle-Angleterre ». Je fais défiler la page vers le bas jusqu'à une photo de ma maison. Elle est pour ainsi dire identique à ce qu'elle est maintenant : même couleur marron, mêmes escaliers en bois, même boîte aux lettres noire en métal. Seule différence : l'érable devant la maison est beaucoup plus grand aujourd'hui ; et la fenêtre au premier étage, celle de ma chambre, n'est plus condamnée.

Ça me fait froid dans le dos.

Je passe en revue un tas d'autres sites, à la recherche d'informations sur les fantômes et les apparitions, tout ça en essayant d'y voir clair dans le fatras de messages personnels (exemple : des gens qui prétendent être une réincarnation d'Elvis, de Marilyn Monroe ou de Kurt Cobain), jusqu'à ce que je trouve enfin une lecture digne d'intérêt.

C'est un site consacré aux apparitions en tous genres, qui affirme qu'en général, si les fantômes hantent un lieu, c'est parce qu'ils n'arrivent pas à passer dans l'au-delà ; parce qu'ils ont encore une affaire à régler. Ils se raccrochent aux personnes dotées d'une certaine perception extrasensorielle et comptent sur elles pour résoudre leur problème.

De cette façon, ils peuvent enfin reposer en paix.

Rien que d'y penser, un petit nœud bien serré m'étreint la poitrine. C'est vrai, quoi : hormis avec Emma, je n'ai jamais considéré que j'étais une pseudo-voyante ou que j'avais la moindre faculté *extra*-truc. Encore moins que je possédais des pouvoirs surnaturels.

— Brenda ? dit mon père en approchant tout doucement de la porte entrouverte. Tout va bien ? Tu es restée enfermée là tout l'après-midi... Ça te dirait qu'on regarde le match ensemble ?

— Pourquoi vous ne m'avez rien dit ?

Je tente de garder mon calme alors que mon père ouvre la porte en grand.

— Te dire *quoi* ?

— Que cette maison est hantée et qu'un garçon a été assassiné ici il y a vingt ans.

— Depuis quand est-ce que tu crois aux fantômes ?

— Depuis qu'Emma est morte, répliqué-je, les dents serrées.

Il jette un œil dans le couloir pour s'assurer que ma mère n'est pas à portée de voix.

— On dîne dans trente minutes, dit-il, feignant piteusement de ne pas m'avoir entendue.

Dans notre famille, il existe une règle tacite qui veut que personne n'a le droit de parler d'Emma. Cinq ans qu'elle nous a quittés, et depuis c'est comme si elle n'avait jamais existé. À l'époque, mes parents avaient engagé des déménageurs pour venir vider sa chambre et transformer la pièce en bureau – bureau que personne n'utilisait d'ailleurs. Entre-temps, ma mère avait arrêté de se lever. Pendant trois mois, elle avait passé ses journées cloîtrée dans sa chambre, en général dans le noir, et il fallait sans cesse lui rappeler de faire des trucs normaux comme s'alimenter, se laver et se changer. Elle était pratiquement devenue un fantôme, elle aussi.

Avec le temps, ça s'est un peu arrangé, mais elle n'a plus jamais vraiment été la même.

Et moi non plus, je crois.

Quelque part, je me sens coupable de l'accident d'Emma. Ce jour-là, elle m'avait demandé de lui prêter mes rollers pour s'entraîner à tourner dans l'allée. Mais j'ai refusé. Alors ma sœur est finalement partie faire un tour à vélo. Elle a roulé toute seule jusqu'au parc et, au moment de franchir un grand carrefour, elle a oublié de regarder.

Elle n'est jamais rentrée.

— Papa ? Je t'ai posé une question ?

Je fixe avec aplomb mon père, qui se tient de profil.

Il s'obstine à ne pas me regarder en face.

— Ici, c'est une maison *bien*, où habitent des gens *bien*, répond-il, le regard fuyant. Fin de l'histoire !

— Sûrement pas ! Pourquoi vous ne m'avez rien dit ? Tu ne t'es pas douté que de toute façon je finirais par l'apprendre ?

— On ne croit pas aux fantômes, rétorque-t-il sèchement.

— *Vous* n'y croyez pas !

— Dîner dans trente minutes, répète-t-il en tirant lentement la porte derrière lui.

Je réplique que je n'ai pas faim, mais je ne crois pas qu'il entende.

Mon père a déjà quitté la pièce.

Six

N'étant pas disposée à dormir la nuit dernière, j'ai laissé les heures défiler en continuant mes recherches sur Internet.

J'en ai appris davantage sur Travis.

Sur sa passion pour le hockey et tout ce qui touchait à l'équipe des Bruins ; sur le fait qu'il aimait camper, même quand il faisait froid. Et puis, lui aussi avait été confronté à une grande perte.

Son père était mort d'une crise cardiaque quand il avait à peine sept ans, laissant derrière lui un fils anéanti.

Entre l'idée que je me suis faite de Travis à travers les articles et les témoignages, et l'impression que j'ai qu'on possède finalement pas mal de points communs, les questions ont tellement tourbillonné dans ma tête que les cours au lycée se sont enchaînés sans que je m'en aperçoive. Mais, à présent que la journée s'achève, je suis complètement épuisée. Même les banquettes en vinyle toutes craquelées du bus me paraissent confortables. Affalée sur un siège du fond, je me mets à regarder par la fenêtre en attendant que le chauffeur atteigne enfin mon arrêt.

Soudain, quelque chose me frôle l'épaule.

Je me retourne.

C'est *lui*, assis sur la banquette derrière moi : Travis.

— Bonjour, Brenda.

Ses yeux bleu clair sont rivés sur moi. L'entaille sur son front a disparu.

J'ouvre la bouche, un peu tremblante, surprise par sa beauté, ses larges épaules et l'intensité de son regard. Je regarde autour de moi, curieuse de savoir si je suis la seule à le voir, mais apparemment on est seuls dans le bus ; tous les autres élèves sont déjà descendus.

Travis se penche et pose la main sur le dossier de mon siège, laissant apparaître un avant-bras musclé et une cicatrice sur le pouce.

— Alors ? Tu t'es renseignée sur moi, Brenda ?

Tant bien que mal, je hoche la tête en écartant discrètement ma main de peur qu'il n'essaie de l'attraper comme dans mon rêve.

— Est-ce que tu as trouvé ce que tu cherchais ?

Je secoue la tête, puisque la réponse est non. Le jour où Emma m'est apparue, c'était pour une bonne raison : elle voulait me dire au revoir. Travis, lui, je ne sais pas ce qu'il a en tête.

— Qu'est-ce que tu me veux ?

Je ne comprends même pas comment il est possible qu'il soit là, ici, maintenant.

Il sourit, comme si ma confusion l'amusait.

— D'abord, dit-il en se penchant un peu plus, je ne veux pas te faire de mal. Mais j'ai besoin de toi.

Glissant sur le dossier du siège, sa main se retrouve de nouveau à quelques centimètres de la mienne.

— Je ne peux pas te forcer à rester avec moi quand tu rêves. Manifestement ça ne marche pas, et j'ai été bête d'essayer.

Il jette un œil à mon poignet.

— La vérité, c'est qu'il faut que tu aies envie de rester avec moi pour m'écouter et m'aider. Sans toi, je ne pourrai jamais reposer en paix.

Je respire à fond en repensant à ma sœur. D'une certaine manière, moi non plus je ne suis pas en paix avec moi-même.

La gorge serrée, Travis continue à m'observer.

— Je pourrais t'aider aussi, tu sais.

— Je n'ai pas besoin d'aide, dis-je d'une voix tremblotante.

— Tu en es sûre ?

Je fuis la question en détournant les yeux, et je sens la chaleur de son souffle sur mon menton. On dirait une odeur de pommes au four.

Au même instant, le bus freine devant mon arrêt.

Travis pose lentement sa main sur la mienne ; j'ai le cœur qui tambourine.

— Alors, tu m'aideras ?

Je frémis devant l'urgence de son ton, partagée entre l'envie de lui dire oui et celle de sortir de ce rêve pour ne plus jamais dormir.

— Vous descendez ? lance le chauffeur du bus.

Croisant le regard de Travis qui ne m'a pas quittée des yeux, je m'arrête un instant sur ses lèvres charnues et pâles et sur sa mâchoire crispée.

— Bon, ça vient ? crie l'homme à l'avant.

Quelques secondes plus tard, je sens une secousse. Ouvrant les yeux à contrecœur, je découvre une blondinette avec d'énormes lunettes vertes penchée au-dessus de moi et qui essaie de me réveiller. Dans le bus, tout le monde se retourne : il y a au moins une vingtaine de passagers. Le chauffeur me lance un regard furieux dans son rétroviseur.

— Vous descendez, oui ou non ?

Je hoche la tête, puis j'attrape mes livres et je me précipite dehors.

Sept

Une fois chez moi, je lutte pour m'endormir, pour reprendre mon dernier rêve là où il s'est arrêté, mais, après la visite de Travis, mon esprit est plus que jamais en alerte. Même si, physiquement, je suis vraiment à bout.

Le lendemain matin, au petit déjeuner, ma mère me sert une énorme pile de pancakes en insistant sur le fait que je dois manger et que mon père et elle sont très inquiets à cause de mon teint blafard et de mes yeux injectés de sang. Mais je n'ai vraiment pas faim, alors je finis par tracer des sillons dans la mare de sirop d'érable qui envahit mon assiette, incapable de chasser Travis de mes pensées.

Ni de rester éveillée.

Finalement, après trois bouchées et quinze bonnes minutes de zigzags dans la mélasse, je quitte la table en m'excusant et monte à l'étage, dans la salle de bains. Je ferme la porte à clé derrière moi, tandis qu'un souffle frais passe le long de mes épaules.

Bien sûr, je suis déjà venue dans cette pièce avant. Seulement, depuis que j'ai appris ce qui s'était passé dedans, je l'ai « fuie comme la peste » comme on dit, optant plutôt pour la salle de bains du bas.

J'examine les lieux en me demandant à quoi ça ressemblait vingt ans plus tôt. Est-ce que les murs étaient couleur crème comme maintenant ? Est-ce que c'était le même carrelage en céramique ? Le même robinet de lavabo chromé ?

Et la baignoire ?

Je baisse les yeux, le cœur battant si fort que je peux presque l'entendre. Des images de ce jour fatidique, vingt ans plus tôt, me traversent l'esprit alors que je n'ai jamais assisté à la scène ; je n'étais même pas née… Je visualise le visage de Travis et sa stupeur lorsque le pied-de-biche s'est abattu sur lui. Puis je le vois tomber à la renverse, tête la première, contre le bord de la baignoire en fonte.

Détournant le regard pour réprimer une forte nausée, je m'aperçois que j'ai horriblement froid. La température de la pièce a dû chuter d'au moins dix degrés.

— Tout va bien, Brenda ? demande ma mère en frappant à la porte.

— Oui, dis-je en observant le radiateur sous la fenêtre.

Je me demande s'il fonctionne.

— Est-ce que tu veux d'autres pancakes ?

Je réponds que non, franchement étonnée par la question. Sans rire ? Elle n'a pas remarqué que je n'avais pas fini mon assiette ?

Je traverse la pièce pour vérifier la température du radiateur en tendant les mains devant moi. Mais je ne sens rien, à part le froid ; un froid vif et pénétrant qui me rampe sur les os et me démange de la tête aux pieds.

Au même instant, je sens quelque chose me frôler et remonter en serpentant dans mon dos. Stupéfaite, je me retourne, mais il n'y a personne. Ni près du lavabo, ni dans la baignoire. Pourtant, j'ai la nette impression d'être observée.

— Maman, c'est toi ? hasardé-je en supposant qu'elle est peut-être encore derrière la porte.

Pas de réponse.

De nouveau, je me tourne en me disant que c'est un effet de mon imagination, qu'il faut que je me ressaisisse.

Les tubes du radiateur sont aussi glacials que la pièce. Je m'accroupis et colle l'oreille dessus pour voir si on entend le glouglou de l'eau chaude montant dans les tuyaux ; mais, étrangement, il n'y a pas un bruit.

Soudain, j'aperçois un truc brillant entre les tubes. On dirait une chaîne, un collier peut-être. J'essaie de glisser mes doigts pour le récupérer, mais c'est trop loin.

— Brenda ? s'impatiente ma mère, de nouveau derrière la porte.

Je prends une profonde inspiration ; l'air est imprégné d'une odeur de pommes au four.

— Tra... Travis ? balbutié-je à voix basse.

— Brenda ! répète ma mère. RELÈVE-TOI, MAINTENANT !

Elle tape de toutes ses forces sur quelque chose près de mes oreilles. Le bruit du choc me réveille.

Je ne suis plus dans la salle de bains mais attablée dans la cuisine, la tête posée sur un coussin de serviettes en papier, une assiette de pancakes sous le nez.

— Désolée, maman, dis-je en me redressant.

Ma mère se tient près de moi, une poêle dans la main – ustensile qui a manifestement servi à me réveiller.

— Je crois que je me suis endormie.

— Ton père et moi, on se fait vraiment du souci pour toi.

— Je sais...

— Est-ce que tu te drogues ?

Un rictus de colère se fige sur ses lèvres.

Je secoue la tête, trop fatiguée pour approfondir sa stupide hypothèse. Au lieu de ça, j'attrape mon couteau à beurre, je sors de table en m'excusant – *pour de vrai, cette fois* – et je fonce directement à l'étage, dans la salle de bains.

Le radiateur en fonte me fait face. Comme dans mon rêve, il a été recouvert d'une peinture argent métallisé, mais on devine encore par endroits une ancienne couche vert kaki, là où la peinture s'est écaillée. Tandis que je m'approche lentement, je constate que la pièce est glaciale et j'ai subitement la chair de poule. Une fois accroupie près du radiateur, je jette un œil entre les tubes.

Il est là : le collier que j'ai vu en rêve.

— Brenda ? s'inquiète ma mère en ouvrant la porte. Qu'est-ce qui se passe ?

Tremblantes, mes lèvres s'entrouvrent pour répondre, mais aucun mot ne s'en échappe.

Les yeux plissés, elle aperçoit tout à coup le couteau dans ma main.

— Mais qu'est-ce que tu fabriques ?

— J'ai fait tomber mon collier.

Ma mère hoche la tête, mais je vois bien qu'elle n'est pas convaincue. Cela dit, elle s'en va quand même, non sans faire des commentaires sur la fraîcheur de la pièce et sur le fait qu'elle doit absolument vérifier le thermostat au rez-de-chaussée.

Moyennant quelques manœuvres, je réussis finalement à déloger le collier à l'aide du couteau.

C'est une fine chaîne en argent avec un pendentif en cœur. Glissant mes doigts tout du long, je remarque que le fermoir est encore attaché mais que les maillons ont été cassés. Les initiales « JAS » sont joliment gravées en lettres manuscrites sur le pendentif.

Mon rythme cardiaque s'accélère au souvenir de tous les articles que j'ai lus sur Internet. *Jocelyne*. C'est le prénom de Mme Slather. *La mère de Travis.*

C'est sûrement à elle.

HUIT

Samedi soir, Craig et Raina m'emmènent faire un tour en ville ; tour qui consiste essentiellement à passer en voiture devant le snack Glace & Pizza de Main Street, puis devant le coiffeur où Craig se fait couper les cheveux, et enfin devant l'épicerie du coin où on trouve de tout, du râteau de jardin aux légumes du potager. Pour finir, on se retrouve dans une cafétéria qui, au dire de Raina, est l'endroit le moins nul de la ville.

Toujours aussi vannée, je commande un double express avec supplément.

— Tu plaisantes ? s'étonne Raina d'une voix rauque. On est au *Stanley's* ici, pas chez *Starbucks*. C'est le même café pour tout le monde !

On finit donc par prendre tous les trois une simple tasse de café, avant de suivre Raina jusqu'à une table dans un coin de la salle.

— Alors, comme ça, tu as besoin d'un remontant ? dit-elle.

— Pardon ?

— Ton « double express avec supplément », c'était pour quoi ?

Raina hausse son sourcil orné d'un piercing, l'air intrigué.

— Je croyais que le problème c'était justement que tu n'arrivais pas à dormir ? Avec autant de carburant, moi je ferais du trampoline sur mon lit toute la nuit !

— Bonjour le spectacle, plaisante Craig.

J'avale une gorgée de café – pire qu'insipide –, sachant parfaitement que *oui*, je veux dormir, mais qu'une part de moi a encore peur du prochain rêve et surtout de ce qu'il signifiera. Pourtant, depuis la dernière apparition de Travis dans le bus, malgré toutes mes recherches et tout ce que j'ai appris sur lui, je ne peux pas m'empêcher de me demander si je le reverrai un jour ; s'il prendra à nouveau ma main dans la sienne… et s'il fera encore battre mon cœur.

— Ça va mieux, au moins ? me demande Craig. Tu arrives à dormir un peu dans ta nouvelle maison ?

Je hausse les épaules en repensant au collier que j'ai trouvé. Je l'ai caché à l'intérieur d'une vieille chaussure de tennis au fond de ma penderie, juste à côté de ma paire de rollers – celle que j'ai refusé de prêter à Emma.

Ils ont beau être trop petits d'au moins trois tailles maintenant, je les ai gardés, incapable de m'en séparer, ce n'est de toute façon pas une chose qu'on oublie.

— J'ai parlé de ta maison à mes vieux, enchaîne Craig. Ils habitent ce bled depuis qu'ils sont nés. Mais toute cette histoire de meurtre… c'est beaucoup plus triste que ce que je pensais.

— Plus triste qu'un bain de sang ? s'étonne Raina.

Craig acquiesce.

— En fait, il s'avère que, ce jour-là, Travis essayait d'éviter à sa mère de se prendre une raclée. Apparemment, en arrivant chez lui, il a vu son petit ami se jeter sur elle en lui mettant des coups de poing. Travis a voulu détourner l'attention du type en provoquant une bagarre, mais, quand sa mère s'est éclipsée pour appeler la police, elle n'a pas pu articuler un mot. J'imagine qu'elle avait trop peur de ce qu'elle allait subir. Elle a fini par se cacher dans le placard de l'entrée, parce qu'elle ne supportait pas d'entendre ce salaud se défouler sur son fils.

— Charmante personne, dit Raina.

Craig hausse les épaules.

— Après, je crois qu'elle a un peu perdu les pédales. Du moins, c'est ce qu'on dit.

— Où est-ce qu'elle vit maintenant ?

— Dans le coin. Elle habite le quartier résidentiel derrière le lac. En tout cas, c'est ce que mes parents m'ont dit.

— Fais gaffe, le taquine Raina. Tu commences à parler comme les ploucs d'ici.

— Je préfère parler comme eux que de leur ressembler ! réplique Craig en montrant du doigt le sweat-shirt de Raina.

On y voit un gigantesque requin, la mascotte de l'école, nageant au-dessus d'une légende, « *le lycée Addison a du mordant* ».

— Je rêve de lui, dis-je brusquement pour mettre fin à leur blague.

— De qui ? rebondit aussitôt Raina.

— Travis Slather.

— Euh... de quoi tu parles ? bafouille Craig.

D'un coup, je prends mon courage à deux mains et je leur raconte tout : les voix que j'entendais au début ; les bleus inexpliqués au réveil ; et, finalement, les récentes apparitions de Travis et son appel à l'aide.

— Je t'avais bien dit que cet endroit était hanté ! dit Raina.

— Peut-être que tu rêves de lui à cause de tout ce que tu as entendu, suppose Craig. À ta place, je ferais sûrement des cauchemars aussi.

— Impossible. Les rêves ont commencé avant même que je sois au courant du meurtre.

— Et comment est-ce que tu es censée l'aider ?
— J'en sais rien.
— Bon, mais est-ce qu'il est mignon au moins ? s'enthousiasme Raina. Parce que j'ai entendu dire que ce Travis était un mec canon !
— Et c'est reparti...
Craig lève les yeux au ciel.
Personnellement, la remarque de Raina me fait sourire. Je fais tout pour me retenir mais, c'est plus fort que moi, je sens mon visage s'illuminer et mes joues rougir.
Parce que, *oui*, il est canon.
Et une part de moi a franchement hâte de le revoir.

Neuf

Une fois dans ma chambre, j'enfile mon pyjama (un tee-shirt des Bruins tout neuf mais cent fois trop grand pour moi), puis j'avale d'un trait ma potion narcotique, à savoir un verre entier de lait chaud. Avant de me mettre au lit, j'ouvre la fenêtre pour laisser une brise fraîche pénétrer dans la pièce.

Le ciel est magnifique ce soir, avec sa pleine lune et ses quelques étoiles. Doucement, j'écarte un peu les rideaux, cherchant plus ou moins à me détendre en pensant à des choses simples, comme le match de hockey de demain et le pain grillé à la cannelle du petit déjeuner. Mais mon pouls s'accélère et j'ai la tête qui tourne.

Car seule la pensée de Travis m'obsède.

Je pousse un soupir en refermant la fenêtre d'un coup sec, comme pour essayer de le chasser de mon esprit. Lorsque je me retourne, il est là, assis au pied du lit.

— Bonjour, Brenda. Tu m'attendais, n'est-ce pas ?

Le visage en feu, je lui fais signe que oui.

— Tant mieux, parce que moi aussi je t'ai attendue.

Travis se lève en me tendant la main.

Je la saisis, et on reste plantés là à se regarder dans le blanc des yeux.

— Je veux t'aider, dis-je d'une petite voix, surprise par la chaleur de sa paume.

— Tu es sûre ?

En hochant la tête, je jette un œil à son front, là où se trouvait l'entaille.

— Elle y est toujours, dit-il en massant l'endroit en question. Mais ce n'est pas très joli à voir, alors disons que… je l'ai dissimulée. C'est l'un des avantages d'être un fantôme.

Il sourit, faisant mine de prendre ça à la légère.

— Ça te fait encore mal ?

Travis acquiesce en me serrant la main ; mon ventre se réduit en bouillie.

— La plaie ne guérira pas tant que je ne serai pas en paix.

— Attends…

Impatiente de lui montrer le collier, je m'approche de la penderie et ouvre la porte en grand.

C'est là que je les vois, juste devant moi.

Mes rollers.

Je recule, tremblante. D'habitude, je les range dans un sac en papier derrière une valise tout au fond.

— Comment est-ce qu'ils ont atterri là ?

— Brenda ? murmure Travis. Tout va bien ?

Je secoue la tête, incrédule. Comment est-ce possible ? Est-ce que ma mère a rangé ma penderie pendant mon absence ? Ou bien est-ce mon père qui est venu fourrer son nez par ici ?

Travis s'approche dans mon dos et m'enlace.

— Ce ne sont que des rollers, Brenda.

— Non…

Les larmes me montent aux yeux.

— Tu ne comprends pas.

— Si, chuchote-t-il. Je comprends bien plus de choses

que tu ne penses. Ce ne sont que des rollers. Ce n'est pas *elle*. Ils ne devraient pas représenter Emma.

— C'est toi qui as fait ça ? dis-je en me tournant face à lui.

— Ne te mets pas en colère.

Travis essuie mes larmes avec le coin de sa manche.

— Je veux juste que tu sois heureuse. C'est ce que ta sœur voudrait aussi. Mais tu ne peux pas l'être en essayant d'enfermer le passé dans un sac en papier. Quand tu veux te souvenir d'Emma, pense aux bons moments que tu as vécus avec elle et oublie ces rollers.

— Comment peux-tu savoir ce qu'elle veut ?

— Je crois que je parle d'après mon expérience.

J'aimerais être furieuse contre lui, mais je n'y arrive pas. Si tordu que ça puisse paraître, ça fait vraiment du bien de pleurer. Après la mort d'Emma, je n'ai pas eu le droit de manifester la moindre émotion, mais aujourd'hui c'est devenu trop pesant, je ne peux plus me retenir.

Travis me serre dans ses bras un long moment, comme personne ne l'a jamais fait, jusqu'à ce que j'aie séché toutes mes larmes pour Emma.

— Merci, dis-je en me dégageant doucement pour essayer de retrouver mon calme.

Il sourit, sans me lâcher la main, puis il la serre fort avant de se diriger vers la penderie et d'en sortir le collier de ma vieille chaussure de tennis.

— Je t'ai vue le cacher là. Je l'ai offert à ma mère pour la fête des Mères. Je me souviens encore de ce matin-là. J'avais essayé de préparer du pain perdu mais, au final, ça ressemblait plutôt à des morceaux de bagel ramollis. Et on s'est rabattus sur les corn flakes.

Travis se met à rire en caressant du pouce le pendentif en forme de cœur.

— Bref, je lui ai offert ce collier avec un bouquet de fleurs des champs. Le jour où j'ai été tué, ce salaud le lui a arraché du cou et l'a balancé à travers la salle de bains. Il a atterri dans le radiateur, mais ma mère ne l'a jamais retrouvé.

— Je suis désolée de ce qui t'est arrivé.

Il hausse les épaules.

— C'est la vie. Personne n'est à l'abri de rien. C'est comme pour mon père : tout le monde pensait qu'il était en parfaite santé. Jusqu'au jour où il n'est pas rentré à la maison.

J'acquiesce en songeant que, pour Emma, il s'est passé la même chose.

— Est-ce qu'au moins tu as un peu profité de la vie ?

— J'ai eu de bons moments.

Il sourit à nouveau, plongeant ses yeux dans les miens.

— Je n'ai qu'un seul regret.

— Lequel ?

— Ne pas avoir eu le temps de dire à ma mère que ce qui s'est passé n'était pas sa faute. C'est moi qui ai voulu m'interposer pour l'aider, pour empêcher ce sale con de la battre. C'était *ma* décision.

— Mais tu n'avais que dix-sept ans.

— Je sais.

— Alors tu ne lui en veux pas du tout ?

Une fois de plus, il hausse les épaules.

— Qu'est-ce que ça changerait ? Ma mère a fait ce qu'elle a pu, mais c'était quelqu'un de faible. Je le savais. Et Stevens aussi. C'est pour ça qu'il la battait autant. Et puis, on pourrait renverser complètement la situation et dire que c'était aussi ma faute. Vu que ma mère n'était pas capable de prendre les choses en main, j'aurais peut-être dû dénoncer ce type avant que le pire se produise.

Silencieuse, j'acquiesce, même si j'ai du mal à comprendre comment il peut être aussi indulgent.

— En plus, la vie est trop courte pour vivre avec toute

cette culpabilité. Pourtant c'est ce que ma mère ressent encore, vingt ans après. Et toi aussi, pour Emma... Je me trompe ?

Je détourne les yeux en haussant les épaules.

— Comment sais-tu autant de choses sur moi ?

— N'oublie pas que je suis dans tes rêves. Je sais tout de toi.

Je soupire, un peu déçue : c'est vrai, tout ça n'est qu'un rêve et, à un moment ou à un autre, il faudra que je me réveille.

— Alors, est-ce que tu vas m'aider ? dit Travis en déposant le collier dans ma main. Tu pourrais l'apporter à ma mère et lui dire que je ne lui en veux pas ?

— Et ensuite, qu'est-ce qui se passera ?

Travis se mord la lèvre en caressant ma joue. Ses doigts sur ma peau me font l'effet du velours.

— Ensuite, je pourrai partir pour de bon.

— Je m'en doutais...

Je soupire sans masquer ma tristesse.

— Mais d'abord, je veux passer du temps avec toi, ajoute Travis en m'effleurant le menton. Je veux te voir le plus possible avant que ce soit l'heure.

— Et ce sera *quand*, l'heure ?

Il écarte de mon visage une mèche trempée de larmes et se penche vers moi, approchant ses lèvres à quelques centimètres des miennes.

— Surtout, Brenda, ne te réveille pas maintenant.

L'instant d'après, je sens son baiser. Il fond sur ma bouche et fait crépiter ma peau.

— On n'a pas beaucoup de temps, dit-il en détachant ses lèvres des miennes. Tu vas bientôt te réveiller, je le sens.

— Alors qu'est-ce qu'on fait ?

— Je te garde dans mes bras tant que je peux.

On s'allonge sur mon lit tandis que Travis me berce de

son étreinte. J'essaie de rester endormie, de savourer l'instant aussi longtemps que possible. Mais le gazouillis des oiseaux dehors me réveille.

Je me retourne en cherchant Travis du regard. Le collier de sa mère est posé sur l'oreiller à côté de moi... mais lui a disparu.

DIX

Je passe les jours suivants à dormir à la moindre occasion, moyennant des quantités de lait chaud, des décas à la place du café, et une réduction de ma consommation de sucre et de féculents ainsi que de tout aliment susceptible de me tenir en éveil. Raina dit qu'elle voit bien la différence, mais elle attribue ça à ses brillants conseils en matière de maquillage, non au fait que je me couche tôt chaque soir et que je fais des siestes dans la journée.

Sans parler des visites de Travis.

Quand je rêve, lui et moi on discute de tout : des films des années 1980 qu'il adore (*Retour vers le futur* et *La Folle Journée de Ferris Bueller*), de son envie de pouvoir de nouveau nager un jour et de sa nostalgie du goût de la glace à la vanille marbrée de caramel. On parle de la musique qu'on aime, des lieux qu'on a visités… et de ceux qu'il n'a jamais pu voir.

On discute même d'Emma.

Alors que mes parents ne m'autorisent même pas à prononcer son nom, Travis, lui, m'écoute quand je lui raconte l'accident de ma sœur, ses six mois dans le coma, puis le jour de sa mort et l'apparition de son fantôme.

— Je pense tout le temps à elle, dis-je lors de notre dernière nuit ensemble. Je me demande comment elle serait aujourd'hui, si on serait proches et si je lui apprendrais des trucs, comme la recette des bonbons au caramel par exemple, c'est ma spécialité, ou la technique pour bloquer et dribbler au hockey… J'espère juste qu'elle est heureuse… où qu'elle soit.

— Elle l'est, dit Travis qui me serre contre lui. Tu ne dois pas t'en vouloir de quoi que ce soit.

— Tu crois ?

Il prend mon visage dans ses mains et me regarde avec tendresse.

— J'en suis sûr.

— Je ne veux pas te perdre, dis-je en luttant pour retenir mes larmes.

— On a encore un peu de temps, alors ne te réveille pas.

— Je vais essayer…

On finit par aller se promener au bord du lac, là où son père l'emmenait à la pêche. Travis choisit un coin au bord de l'eau et étale une grosse couverture. On s'assoit face à face, main dans la main, en enchevêtrant nos jambes.

La brise rejette mes cheveux en arrière et me donne l'impression d'être plus réveillée que jamais.

— Si seulement tu pouvais rester…

Travis faufile ses doigts entre les miens, ce qui fait naître des picotements chauds et vifs au creux de mes reins.

— Je serai toujours près de toi.

— Mais pas comme maintenant. Je ne te verrai plus…

— Ce ne serait pas correct de ma part de rester. Tu as ta vie.

— Mais qui te dit que je ne veux pas la vivre avec toi ?

Il sourit en m'effleurant le front, puis il m'embrasse et un goût de cidre chaud envahit ma gorge.

— Je serai toujours avec toi, me murmure-t-il à l'oreille. Ne me dis pas au revoir.

— Promis.

Tandis que je pose la tête contre sa poitrine, des larmes coulent sur mes joues.

On continue à s'embrasser jusqu'à ce que le soleil se lève et dessine un reflet doré sur l'eau…

C'est alors que je me réveille.

Onze

Le soleil darde ses rayons à travers la fenêtre de ma chambre. Je plisse les yeux en me retournant dans le lit, étonnée que mon réveil n'ait pas sonné, surtout que c'est aujourd'hui que j'ai prévu d'aller voir la mère de Travis.

Vers dix heures, Craig passe me prendre en voiture. Il s'est proposé pour m'emmener chez Mme Slather. Quelques jours plus tôt, je leur ai tout raconté, à Raina et à lui : le collier, ma sœur Emma, et le fait que ma relation avec Travis soit passée de zéro à dix sur dix en moins d'une semaine.

— Nerveuse ? me dit Craig en s'arrêtant devant l'appartement de Mme Slather.

On est dans un de ces complexes résidentiels où tout, les logements et les arbustes qui les entourent, est d'une parfaite banalité. L'appartement de Mme Slather est le dernier de l'allée. Une voiture mangée par la rouille est garée devant et quelques journaux roulés jonchent le paillasson.

— Tu veux que je t'accompagne ?

Je secoue la tête et sors de la voiture, le collier serré dans ma paume. Dix marches me séparent de la porte. Je les monte lentement en essayant de me calmer – moi et mon cœur qui bat à tout rompre.

À la huitième marche, je me retourne vers la voiture de

Craig. Il lève les pouces en signe d'encouragement et j'en fais autant, heureuse qu'il soit là. Et heureuse d'être allée si loin.

Les mains légèrement tremblantes, j'inspire à fond avant de continuer jusqu'à l'entrée. J'appuie enfin sur la sonnette. À l'intérieur, un mouvement se fait entendre. Deux secondes plus tard, la porte s'ouvre.

— C'est pour quoi ? demande la femme.

Elle est plus âgée que je ne l'imaginais : soixante ans bien tassés, les cheveux gris argentés et la bouche tordue.

— Vous êtes bien Jocelyne Slather ? dis-je d'une toute petite voix.

— Et vous êtes... ?

Elle me dévisage en plissant de minuscules yeux bleus. Les rides profondes qui les entourent s'étirent en de grosses branches.

— Je crois que j'ai quelque chose qui vous appartient, madame...

Sa bouche se crispe.

— Et moi je crois que vous vous trompez de personne.

Elle s'apprête à refermer la porte, mais j'arrive à l'en empêcher en coinçant mon pied dans l'embrasure. Je fais pendiller le collier sous ses yeux.

— Où est-ce que vous avez trouvé ça ?

Elle regarde derrière moi, dans la rue, pour voir si je suis seule.

— Travis tenait à ce que je vous le remette.

— Mais qui êtes-vous ? répète-t-elle.

— Je sais que ça paraît absurde, mais je suis une amie de votre fils.

— Mon fils est mort !

Encore une fois, elle veut refermer la porte, mais mon pied est toujours là.

— Je vous en prie, madame Slather. Je sais, ça a l'air dingue, mais écoutez-moi. Je rêve de lui...

Elle secoue la tête, puis me laisse sur le seuil en disant qu'elle va appeler la police.

— Attendez !

J'ouvre brusquement la porte en grand.

La mère de Travis décroche le téléphone et appuie sur le bouton de tonalité.

Alors je déballe tout, lâchant en vrac tous les détails que Travis m'a racontés : la fête des Mères et le pain perdu ramolli ; le bouquet de fleurs des champs qu'il lui a offert ; la façon dont on lui a arraché le collier.

— Il a été balancé dans la salle de bains. Vous l'avez cherché partout, mais impossible de le retrouver. Il était coincé dans le radiateur.

Mme Slather s'arrête net et lâche le combiné. Sa main tremble, plaquée sur sa bouche.

— Travis veut que vous sachiez qu'il ne vous en veut pas.

— Comment savez-vous tout ça ? demande-t-elle en revenant vers moi.

— Il me parle... en rêve.

Elle prend le collier que je lui tends et essaie de dire quelque chose. Ses lèvres remuent pour former des mots, mais aucun son n'en sort.

— Je sais que ça n'a pas de sens, mais ce n'est peut-être pas le plus important. La seule chose qui compte dans l'immédiat, c'est que vous arrêtiez de vivre dans la culpabilité.

Peut-être que j'en ferai autant.

DOUZE

On est samedi après-midi, trois bonnes semaines après mon entrevue avec Mme Slather.

Et trois semaines après la dernière visite de Travis.

Je suis assise à une table chez *Stanley's* avec Craig et Raina, un grand gobelet de café maison posé sur la table devant moi (oui, bizarrement, ce mélange pourtant fade de chez fade commence à me plaire).

— Alors, tu tiens le coup ? me demande Craig.

Je hausse les épaules en faisant de mon mieux pour paraître légère. La vérité, c'est que, mis à part le fait que Travis a déserté mes rêves, ma vie ici est devenue plus savoureuse, un peu comme le café de chez *Stanley's*.

C'est curieux mais, en déménageant à l'autre bout du pays, loin de tout ce qui évoquait Emma, je me suis rapprochée d'elle. Pas plus tard qu'hier, pendant que je préparais en vitesse une fournée de pudding au caramel, sans le faire exprès j'ai prononcé son nom devant mes parents (Emma et moi, on se disputait toujours pour savoir laquelle de nous pourrait lécher la cuillère, racler le saladier et les gouttes de pâte). Eh bien, ni ma mère ni mon père n'ont bronché. Ils ont juste échangé un petit coup d'œil et, même si je n'en mettrais pas ma main à couper, je suis presque sûre d'avoir vu un minuscule sourire sur les lèvres de ma mère.

Pour elle, et même *eux*, c'est beaucoup.

Et puis, il y a un peu plus de deux semaines, j'ai ouvert ma penderie à la recherche de mes rollers, pour les voir, les regarder vraiment, comme jamais je ne l'avais fait en cinq ans : blancs avec des bandes rouges sur les côtés, des lacets roses scintillants et une énorme éraflure sur le devant, datant de la fois où j'étais tombée en faisant une vrille.

Je les ai pris et posés sur mon bureau pour être forcée de les voir en permanence. Au bout de deux jours, l'angoisse s'est estompée et ils sont devenus de simples rollers. Rien de plus. Donc j'ai fini par en faire don à l'association Goodwill. Et j'ai choisi de me souvenir de ma sœur en pensant à toutes nos préparations de caramel et à toutes les fois où on construisait des cabanes avec des couvertures sous la table de la salle à manger.

— Tu as vraiment une meilleure tête ! me complimente Raina en repositionnant une de ses nombreuses barrettes. Tant mieux, parce que j'envisageais sérieusement de te prendre rendez-vous chez Clinique.

— Merci, réponds-je en jetant un œil à mon reflet dans le miroir derrière elle.

Après avoir finalement rattrapé toutes mes heures de sommeil en retard, je ne suis plus un zombi ambulant. Finies les veines rouges qui zébraient le blanc de mes yeux d'ordinaire vert clair. Adieu teint fatigué et terreux ; il faut bien le dire, par rapport à il y a tout juste un mois, ma peau paraît éclatante. Et mes cheveux aussi : disparues les boucles ternes qui pendouillaient de chaque côté de mon visage. Maintenant, je les laisse carrément défaits.

— Bon, est-ce qu'aujourd'hui on peut affirmer sans trop s'avancer que ta maison ne craint plus rien question fantômes ?

Craig sourit, dévoilant le petit trou ô combien adorable entre ses deux dents de devant.

— Je n'irais pas jusque-là, dis-je en baissant les yeux vers le bleu qui a presque disparu de mon poignet. À vrai dire, parfois, quand je m'y attends le moins, je ressens un petit peu sa présence : quelque chose dans l'atmosphère, une sensation, une bouffée de son odeur de pommes au four.

Comme l'autre matin, quand je me suis réveillée : j'aurais juré qu'on me serrait la main. Et quelques jours avant, pendant que je m'habillais devant la glace, j'ai cru voir une crosse des Bruins appuyée contre le mur derrière moi ; mais, quand je me suis retournée, elle avait disparu.

— Donc il est toujours dans les parages, en déduit Craig.

— Je crois que, d'une certaine manière, il le sera toujours.

— C'est torride, cette histoire !

Raina attrape un sachet de sucre et fait mine de s'éventer.

— Il n'aurait pas un copain mort, par hasard ?

J'éclate de rire en me demandant si Travis me surveille en cet instant, s'il est heureux là où il est.

Et si lui aussi a le cœur en miettes.

— Tu devrais absolument assister à ces spectacles de chasse aux fantômes, ajoute Raina. Tu sais, ceux où des médiums aident à résoudre des crimes et tout...

— Eh ! Je ne suis pas voyante !

— Ah ? Et comment tu appelles ça, alors ? protestet-elle. Aux dernières nouvelles, je ne crois pas que ce soit très courant de communiquer avec les morts – et encore moins de se bécoter avec. D'ailleurs, c'était comment ?

Rien que d'y penser, j'en ai le sourire jusqu'aux oreilles : Travis et moi, notre dernier baiser face au lac, nos doigts entrelacés et nos bouches fondues l'une dans l'autre.

— Visiblement, c'était bien ! devine Raina en me faisant un clin d'œil. Il faut que je me trouve fissa un fantôme, moi !

— Tu as raison, la taquine Craig. Sinon, je vois mal comment un type avec un cœur qui bat pourrait sortir avec toi.

Pendant qu'ils continuent à se chamailler, je m'appuie contre le dossier de ma chaise en remarquant une chaleur soudaine dans la paume de ma main.

Autour de moi, une odeur de pommes au four embaume l'atmosphère.

Les liens du sang

Justine Larbalestier

Quand j'ai aperçu Robbie se baignant dans la rivière, j'étais sur le point de m'enfuir.

Minuit n'était plus qu'à quelques heures. Le village était endormi. J'étais sortie en douce pour faire un tour et réfléchir à un plan d'évasion et un point de chute.

Sur le chemin menant à la rivière, j'esquivais les toiles d'araignée qui scintillaient sous la pleine lune en me demandant combien de temps il me faudrait pour rejoindre la ville à pied ; quelle quantité de nourriture je devais prévoir ; combien de paires de chaussures... Un hibou a ululé et pris son envol juste au-dessus de ma tête. Surprise, j'ai trébuché, et c'est en me redressant que j'ai aperçu Robbie s'aspergeant la tête et les épaules.

Sa peau luisait. C'était juste dû aux gouttes d'eau qui reflétaient le clair de lune et au contraste avec sa peau mate, mais je crois que j'en ai eu le souffle coupé.

Pour la première fois de ma vie, je voyais quelqu'un que j'avais envie de toucher. Ma main a esquissé un geste vers lui.

— Jeannie ! s'est-il écrié en se tournant vers moi avec un sourire.

Mon bras est brusquement retombé, et j'ai senti la peau de mon visage se tendre et rougir. Je n'avais pas de vertiges, pourtant quelque chose me disait que j'étais à deux doigts de m'évanouir. Il ne me semblait pas l'avoir déjà entendu prononcer mon nom.

— Robbie ? ai-je dit en approchant de la rive.

— Tu viendras sur la colline demain ?

J'ai acquiescé d'un signe de tête, bien que stupéfaite par la question. Il était si... non pas beau ou craquant, mais il avait quelque chose : un je-ne-sais-quoi qui me donnait envie de le toucher. J'avais entendu des filles parler de lui.

Robbie me demandait en fiançailles ; moi à qui il n'avait jamais adressé la parole. J'en avais des frissons. Je sais que ça peut paraître un peu fantasque, mais je sentais mes ventricules pomper mon sang et le propulser dans mes tissus et mes poumons. Mon cœur battait plus fort à chacun de ses mots.

Des fiançailles ? Lui... et moi ?

Demain, on célébrait Lammas, la fête du Pain. Jour des premières récoltes. Chacun apporte deux miches toutes fraîches en offrande à l'église : une qu'on dépose à l'intérieur, pour Jésus ; l'autre qu'on laisse dehors, pour le peuple des esprits. Et, quand on est jeune et célibataire, on procède au rituel des mains liées, une sorte de mariage à l'essai. Si ça tient jusqu'à la prochaine fête du Pain, l'union est officialisée. Si ça ne colle pas, on en reste là.

Les filles s'assoient sur la colline et attendent que les garçons viennent faire leur demande. J'avais accepté d'y aller et d'attendre Robbie.

Plus personne ne se conforme à cette tradition, sauf dans les villages alentour. Les touristes viennent voir le spectacle et prendre en photo les couples unis main dans la main par des mouchoirs. Ils trouvent ça pittoresque et adorable. Ils *nous* trouvent pittoresques et adorables.

Ce n'était pas ce que je pensais de Robbie. Je le considérais comme fruste et dangereux, pas seulement parce que mes parents ne l'aimaient pas, mais à cause de l'impression qu'il dégageait. Il me donnait des sueurs. Chaudes et froides à la fois.

J'avais décidé de partir le jour de Lammas. Car mes parents avaient décrété qu'il était grand temps que je me fiance. Ils m'avaient donné quartier libre pour la journée. De quoi avoir largement le temps de m'enfuir.

— On se retrouve demain, alors ? a demandé Robbie.

J'ai observé le mouvement de sa bouche, ses lèvres, sa langue.

— Oui. Sur la colline.

Finalement, j'avais décidé de rester.

À la fête du Pain, les queues du bétail sont attachées les unes aux autres par des rubans rouges et bleus pour empêcher les créatures surnaturelles de s'en emparer. Pour les tenir à distance, on accroche des croix au-dessus de toutes les portes et fenêtres de nos maisons. C'est le jour de Lammas que les elfes aiment faire leur apparition.

Notre boulangerie ne faisait pas exception, avec ses croix clouées à tous les linteaux. Je vivais là avec ma mère et mon père, mes deux frères, Angus et Fergus, et leurs femmes, Sheila et Maggie. On était tous, en permanence, rougeauds, en sueur, les mains dans la farine, pétrissant et enfournant la pâte de minuit à l'aube, et rebelote le lendemain.

À l'approche de Lammas, le travail est plus long et plus pénible, étant donné qu'on prépare suffisamment de miches pour fournir le moindre recoin de ce paradis infernal.

C'était une vie épouvantable.

Mais qui plaisait beaucoup aux touristes.

Ils nous adoraient, nous laissaient des pièces et des billets dans une boîte en fer sur le comptoir, en monnaie étrangère pour la plupart. C'était mon rôle de rassembler cet argent, de le trier et de l'emporter à la banque pour faire le change. Et non pour le *placer*. Sûrement pas.

Mes parents ne faisaient pas confiance aux banques. Ni aux pays étrangers. Ils se fiaient uniquement à notre petit village attrape-touristes, qu'ils qualifiaient pour leur part de « village traditionnel » aux mœurs « justes ». L'argent de la famille était conservé sous le matelas de mes parents. Un matelas rempli de paille ; comme le mien.

La paille me grattait.

La boulangerie se trouvait à l'avant de notre maison, les quartiers privatifs à l'arrière, et les chambres en haut de l'escalier branlant. On n'avait ni télévision, ni radio, ni électricité. Les fours marchaient au charbon et au bois. La nuit, on utilisait des bougies et le feu des fours pour s'éclairer. L'été, on allait se coucher bien avant le coucher du soleil et, l'hiver, pas longtemps après. Été comme hiver, on était levés avant lui.

Perpétuer les vieilles coutumes était une obsession chez mes parents ; pourtant j'avais lu dans un livre que, autrefois, chacun cuisinait ses propres aliments. Les boulangeries n'existaient pas. Il n'y avait pas de touristes à nourrir. On offrait seulement le couvert à ses voisins lorsqu'ils venaient en visite.

Mes parents avaient une vision du passé qui correspondait rarement à ce que mes professeurs m'enseignaient ou à ce que j'apprenais à travers mes lectures. Ils croyaient au surnaturel, au peuple des fées, et, pour eux, les vieilles ballades racontaient l'histoire et non *des* histoires. Ils étaient partisans d'un monde immuable au jour le jour et de siècle en siècle.

Ça ne les surprenait pas plus que ça que des touristes viennent observer leur immobilisme semaine après semaine.

— Est-ce que les touristes existaient au siècle dernier ? Et au siècle d'avant ? ai-je demandé un jour.

Ma mère a dit que j'étais insolente, mon père m'a ignorée. Angus a menacé de me frapper si je posais encore ce genre de questions, et Maggie a gloussé. On ne s'entendait pas vraiment, mes frères, leurs femmes et moi.

Autant que je me souvienne, j'ai toujours voulu m'enfuir. Je n'aimais pas ma famille ; même pas un petit peu. Je voulais vivre au sein d'une vraie famille. Une qui ne m'aurait pas forcée à quitter l'école à l'âge de quinze ans. Qui me laisserait aller à l'université pour faire des études de médecine. Qui m'autoriserait à mener une véritable existence dans le monde réel. Une famille qui me laisserait partir.

Mes frères n'avaient rien contre cette vie ; surtout Angus. Il l'aimait bien, avait hâte de reprendre la boutique paternelle. Pour Fergus et lui, il n'y avait aucun mal à avoir un faible niveau d'instruction, à se marier à seize ans, à enfanter à dix-huit, à rester à la maison avec la famille, les fourneaux et la messe du dimanche pour toutes occupations, sans oublier, à de rares occasions, une virée à l'auberge de l'Homme Vert pour brailler et chanter avec leurs compagnes. Ils aimaient faire leurs livraisons à bord d'une charrette tirée par deux vieux chevaux de trait flatulents.

Je suppose que vous ne serez pas surpris d'apprendre que mes parents désapprouvaient les moteurs à combustion.

De même qu'ils n'aimaient pas les étrangers.

En particulier Robbie.

Sa famille n'habitait pas notre village depuis plusieurs générations. Et pour cause : Robbie n'avait pas de famille.

Petit, on l'avait trouvé dans un berceau en bois près de la rivière. Un berceau magique déposé par les hommes verts, disait la rumeur, mais le meunier l'avait quand même recueilli ; il n'avait pas d'enfant. Sauf que cinq ans plus tard il en avait trois. Robbie avait alors en quelque sorte été rétrogradé. Ce n'était plus un fils, mais plutôt un cousin éloigné.

Il vivait chez le meunier et son épouse, avec leurs fils et leurs filles, et à l'époque de la moisson il s'éreintait aux champs comme les autres. Mais il ne travaillait jamais au moulin. Il avait appris le violon et s'était mis à faire des petits boulots dans le village.

Autant dire qu'il n'avait pas l'étoffe d'un époux aux yeux de mes parents.

Ces derniers ne voulaient pas me laisser partir. Ni que je fasse des études. C'est à peine s'ils m'autorisaient à lire. Un jour, mon manuel *Anatomie & Physiologie* de Goldstein a disparu et, lorsque je m'en suis plainte, ma mère a répondu qu'elle aimerait bien savoir à quoi il me servirait maintenant que j'avais presque seize ans, que je n'allais plus à l'école (par leur faute) et que je serais bientôt trop vieille pour être mariée.

Je connaissais ce livre presque par cœur, mais là n'était pas la question. L'avoir entre les mains, me laisser absorber par ses graphiques et ses schémas de systèmes en tout genre : cardio-vasculaire, digestif, endocrinien, lymphatique, immunitaire, musculaire, nerveux, reproducteur, respiratoire, osseux ; murmurer leurs noms... Ce livre symbolisait l'avenir auquel j'aspirais tant. Un futur que mes parents m'avaient interdit.

Alors, pourquoi ne pas me fiancer à Robbie ? Ils me voulaient engagée avec un habitant du village, non ? Quelle importance que ce ne soit pas un McPherson, un Cavendish ou MacIlduy ?

J'espérais qu'ils ne seraient pas *trop* en colère. Mais, si c'était le cas, eh bien les fiançailles n'ont rien d'officiel ! C'est juste un entraînement. S'il le décidait, n'importe lequel de nous deux pourrait rompre.

Et, sait-on jamais, j'arriverais peut-être à convaincre Robbie de fuir en ville avec moi ? Il avait étudié la musique et jouait dans les auberges. Je travaillerais dans un magasin, un bistrot ou même une boulangerie, pourquoi pas, et j'étudierais dès que je le pourrais. Je travaillerais dur et longtemps, jusqu'à ce que je sois acceptée à l'université et que j'apprenne un maximum de choses en médecine, jusqu'à ce que le corps humain n'ait plus de secrets pour moi. Même ceux qui n'étaient pas dans l'*Anatomie & Physiologie* de Goldstein.

Je suis rentrée chez moi avant minuit et je me suis glissée dans mon lit. Je pensais que la perspective de me fiancer à Robbie m'empêcherait de dormir, mais j'ai sombré dès que j'ai fermé les yeux, sans même remuer, alors que les autres étaient déjà en cuisine.

Le soleil m'a réveillée. Allongée sur la paille rêche, je suis restée un moment à savourer la chaleur que mon épiderme absorbait.

La fête de Lammas.

J'ai enfilé ma plus belle robe : simple et faite maison, avec des coutures de travers dans un tissu pas aussi rêche que la paille, mais nettement moins doux que le coton acheté dans le commerce. Arriverait bien un jour où je porterais une robe faite par quelqu'un d'autre.

— Jeannie ? Tu es réveillée ? a crié ma mère en bas.

Je suis descendue la retrouver.

— Tu es élégante, a-t-elle dit en me tendant un sac avant d'ajuster mon tablier. C'est pour toi : du pain, du fromage et une guirlande.

— Merci, maman.

— Fais-nous honneur.

— Promis.

J'ai pris le sac et me suis mise en route vers la colline

pour rejoindre Fiona et attendre Robbie. C'était une belle journée, sans le moindre signe de pluie.

Lorsqu'elle m'a vue, Fiona m'a fait signe en riant. Elle était au sommet de la colline. Je me suis frayé un chemin jusqu'en haut en me faufilant entre les autres filles, hochant la tête avec un sourire et échangeant des bonjours, évitant de regarder dans les yeux les quelques touristes suffisamment effrontés pour se joindre à nous et prendre des photos. Une fois sur la crête, je me suis installée près de Fi sous le plus gros frêne, légèrement en nage et essoufflée.

— J'aurais dû me douter que tu choisirais le sommet ! ai-je ronchonné.

— Mais regarde, on a une vue superbe, jusqu'à la mer ! a dit Fiona. Et ces petites taches floues là-bas, je pense que ce sont les îles.

Les yeux plissés, j'ai suivi du regard la direction que son doigt m'indiquait. Le panorama était complètement aveuglant, en particulier l'infini des flots s'estompant dans l'immensité de l'azur.

— Ça se pourrait, ai-je grommelé.

J'aurais préféré avoir vue sur une grande route menant à la ville. Ou sur Robbie.

— En plus, on peut voir qui fait sa demande à qui : aucun potin ne nous échappera d'ici !

— C'est vrai.

C'était précisément pour cette raison qu'on était venues les autres années.

J'ai coupé le pain en deux.

— Tu as apporté un couteau ?

Elle a hoché la tête en me le tendant.

— Et des pickles aussi. Achetés au supermarché.

— Miam !

J'ai découpé le fromage en tranches que j'ai réparties en

parts égales sur les deux moitiés de pain, puis Fi a ajouté les pickles.

Pendant qu'on mangeait, quelques garçons se sont arrêtés en passant et ont échangé des guirlandes avec leurs petites amies. Je me demandais quand Robbie allait venir me faire sa demande et quelle serait la réaction de Fiona.

— On dirait que Dougie et Susan se sont remis ensemble.

— Avec eux, on ne sait jamais, ai-je répondu d'un air entendu, même si je les avais à peine vus depuis que mes parents m'avaient retirée de l'école.

Je ne savais même pas qu'ils sortaient ensemble à la base. Fi promettait toujours de me tenir au courant des nouvelles, mais on se voyait rarement en dehors des messes.

— Dougie vient d'acheter une voiture. Elle n'a que quatre ou cinq ans. Je parie que c'est pour ça que Susan s'entend à nouveau bien avec lui.

Instantanément, ça m'a rendue jalouse. Si j'avais une voiture, je pourrais déguerpir plus vite qu'une miche de pain ne fermente en été et, avec un peu de chance, Robbie serait à mes côtés. Du moins, ce serait possible si quelqu'un m'apprenait à conduire.

— Où est-ce qu'il la gare ?

Voitures, camions ou autres, tout véhicule est interdit dans le village. Les bus touristiques se garent aux abords de la ville et les passagers viennent à pied jusqu'ici en ronchonnant tout du long.

— Dans l'enclos avec les autres voitures, tiens. Où veux-tu qu'il la laisse ?

J'ai acquiescé, un peu bête. Pour quelle raison Dougie cacherait sa voiture ? Aucune. Il n'avait pas besoin de se cacher, lui. Ses parents ne voulaient pas qu'il reste coincé dans ce village pour le restant de ses jours.

— Et toi ? ai-je demandé en m'essuyant les mains sur ma robe. Est-ce que tu…

Quelqu'un a toussé. En levant les yeux, j'ai dû étouffer un grognement. Ce n'était pas Robbie, mais Sholto McPherson : probablement le garçon le plus agaçant de la terre. Sous prétexte qu'il est grand, blond, qu'il a les yeux bleus et une belle peau, il pense que toutes les filles sont amoureuses de lui. Si c'est vrai pour certaines, ça ne dure jamais longtemps : il suffit d'échanger deux mots avec lui pour en avoir marre.

— Où est ta guirlande ? a-t-il demandé.

— Ma quoi ? ai-je répondu en ramenant ma robe sur mes genoux pour la cacher dans l'espoir qu'il comprendrait et partirait.

Fi s'est mise à glousser.

— Si on veut se fiancer, on doit d'abord échanger nos guirlandes.

— On ne va pas se fiancer.

— Non ?

— Non, Sholto. Je ne suis pas intéressée, désolée.

Sholto m'a regardée fixement comme si tout à coup je parlais en patois. On avait fait notre scolarité ensemble (jusqu'à ce que je sois obligée d'arrêter) et, durant tout ce temps, je ne lui avais jamais dit un seul mot gentil. C'était un petit dur ; un garçon vaniteux, méchant, sans aucun sens de l'humour.

— Mais pourquoi ?

— Parce que je ne suis pas amoureuse de toi, Sholto. Je ne l'ai jamais été.

« Parce que tu n'es pas Robbie », ai-je pensé tout bas.

— Bon, a-t-il dit, l'air de croire que j'étais possédée par un esprit.

Sholto est incapable de concevoir qu'une fille ne veuille pas de lui.

— Même si tu étais un touriste, et plus riche que la reine d'Angleterre, je ne voudrais pas de toi.

— Mais...

— Je préférerais mourir plutôt que de me fiancer avec toi.

J'ai souri à Fiona. Ça m'a presque déçue qu'il secoue la tête en me répondant que j'étais sûrement possédée.

— Tu as tort, a-t-il dit avant de s'éloigner.

À mi-chemin, en redescendant la colline, il s'est arrêté devant une fille que je ne connaissais pas pour lui faire sa demande. Elle devait être d'un autre village, mais elle avait l'air d'en savoir assez sur lui pour refuser sa proposition.

Fi m'a pincé le bras en riant.

— Bien joué. Ce type est un idiot.

— Tu l'as dit. Tiens, regarde. Voilà Charlie, le frère de Sholto. Qu'est-ce qu'il fait là ?

— Son père menace de le tuer s'il ne se fiance pas très vite, a répondu Fiona.

— Mais il n'aime *pas* les filles.

— Et tu crois que son père se contenterait de cette réponse ?

Non. Effectivement. Pas plus que mes parents ne me laisseraient retourner à l'école.

— Pauvre Charlie.

Fiona hocha la tête.

— Oui, le pauvre.

— Alors ? Est-ce que tu as prévu de te fiancer avec quelqu'un ? ai-je demandé pour la taquiner.

Fi a souri.

— Je suis juste venue pour le spectacle. Comme toujours. Imagine la tête de mes parents si je me fiançais !

Les parents de Fiona n'étaient pas comme les miens. Ils avaient une voiture et une radio ; et même une télévision. Quand j'étais petite, j'allais parfois chez elle en douce pour la regarder. Pour suivre les aventures de filles menant une existence aux antipodes de la mienne. C'est d'ailleurs à la télé que j'ai découvert ce qu'était un médecin et compris que je pouvais en faire mon métier. Du moins si j'étais née ailleurs, dans une autre famille.

Les parents de Fiona voulaient qu'elle aille à l'université, en ville, où habitaient ses grands-parents. Ils trouvaient que quinze ans, c'était trop jeune pour se fiancer ou se marier. Tout comme seize, dix-sept ou dix-huit. Son père avait grandi dans le village, mais il était parti et était revenu avec une femme et des projets pour faire venir les touristes, ainsi qu'avec toutes sortes de croyances en désaccord avec celles de mes parents.

D'autres comme eux se prêtaient au jeu du pittoresque juste pour l'argent des touristes. Des mœurs d'autrefois, ils n'aimaient que le nom. Contrairement à mes parents, les gens comme la famille de Fiona ne croyaient pas aux esprits, ni aux filles mariées de force avant d'être en âge de savoir ce qu'elles attendaient de la vie.

Mais ils n'étaient pas nombreux ; le mode de vie de mes parents restait celui de la majorité. Les choses étaient en train de changer, mais pas assez vite à mon goût.

— Tu as de la chance, ai-je dit à Fiona.

Elle est restée silencieuse. Normal, qu'est-ce qu'elle pouvait répondre ? Elle le savait.

— Ma guirlande commence à se faner.

Je l'ai prise pour la poser sur les genoux de Fiona.

— Je vois ça. Est-ce que ça signifie que tu es là pour te fiancer ?

Sa voix tremblait, comme si elle essayait de paraître contente pour moi alors qu'au fond, elle était triste.

Si seulement Robbie pouvait arriver.

C'est une chose qui étonne bon nombre de touristes. Un jour, une femme m'a demandé comment nous faisions pour avoir des enfants alors que nous étions encore adolescentes. Je lui ai raconté des mensonges en disant que nous étions très heureuses car notre mode de vie traditionnel était merveilleux, juste et pur, et que pour rien au monde nous ne voudrions en changer.

Cette touriste avait les cheveux courts. Et non une grosse natte lui tombant jusqu'aux fesses. Elle n'était pas emmaillotée dans une jupe trop longue et un chemisier rêche. J'avais envie de la frapper. Ou, à défaut, de trouver un moyen de prendre sa place.

À présent, Fiona me regardait de la même manière que cette touriste. Elle avait de la peine pour moi.

Mais où était Robbie ? Lui au moins n'avait pas pitié de moi.

— Peut-être que je vais me fiancer..., ai-je dit.

Fiona a eu un rictus.

— ... peut-être pas, ai-je alors ajouté.

— Tu veux qu'on fasse d'autres guirlandes ? Il y a plein de pâquerettes dans le coin.

— Tu as le temps ?

— J'ai jusqu'au déjeuner, a-t-elle dit, sous-entendant midi. Après, j'ai promis d'aider à la boutique. Tu peux venir si tu veux. On a reçu plein de nouveaux magazines.

— Pourquoi pas ?

On a cueilli toutes les pâquerettes autour de nous, avant de percer les tiges avec nos ongles pour former une chaîne. La sève nous tachait les doigts et leur donnait cette douce odeur d'été, légèrement moite.

— Ce n'est pas aussi terrible que tu le crois, lui ai-je dit en pensant à Robbie, à sa peau mate et à ses yeux verts, impatiente qu'il arrive.

— Sans doute, a murmuré Fiona en continuant à cueillir des pâquerettes et à les tresser.

Mais c'était trop tard. Je sentais que le fossé qui s'était

creusé entre nous lorsque j'avais quitté le lycée devenait de plus en plus grand, disons, à chaque fleur qu'on ajoutait à nos guirlandes. Fiona a remballé ses pickles et son couteau, et elle est finalement partie bien avant midi.

Je l'ai regardée s'éloigner dans l'agitation et les allées et venues des villageois, des jeunes fiancés et des touristes. Mais où était Robbie ? J'ai repris ma cueillette, enfilant les pâquerettes les unes dans les autres. Les guirlandes s'empilaient à mes pieds.

Est-ce qu'il se serait moqué de moi la nuit dernière ? Je n'avais pas eu cette impression... J'aurais donc gâché une si belle occasion de m'enfuir ? J'allais perdre espoir lorsqu'une voix m'a fait sursauter.

— Ça en fait, des guirlandes !

— Oui, ai-je répondu en levant la tête.

Ses yeux étaient si verts...

— J'essaie de battre le record du monde. À ton avis, j'en ai combien ?

— Difficile à dire...Une fille aussi adroite que toi pourrait en tresser des dizaines en un clin d'œil.

— À ce point ? Une dizaine par seconde ? Dans ce cas, je suis loin du compte. J'ai passé la matinée ici.

Robbie s'est assis près de moi. Je l'ai regardé de biais, sans croiser son regard. Il portait son violon en bandoulière dans son dos, et ses cheveux bruns bouclés étaient attachés en arrière à l'aide d'un cordon en cuir. Nous étions tout près l'un de l'autre ; je pouvais presque sentir son corps en sueur.

— Passer des heures à jouer avec des fleurs, ça n'arrive pas tous les jours, si ?

J'ignorais s'il me regardait. J'étais penchée sur mes guirlandes de pâquerettes, perçant et enfilant les tiges les unes après les autres.

— Non, malheureusement. Et la journée est déjà presque finie. Demain, retour à la boulangerie.

J'ai laissé échapper un profond soupir. Allait-il me faire sa demande, oui ou non ?

— C'est si terrible que ça ?

Il a ramassé une poignée de guirlandes et s'est mis à égrener les pâquerettes une par une comme un chapelet.

Je ne savais pas trop comment répondre.

— Ça ne me plaît pas, ai-je finalement dit.

C'est la réponse la plus anodine que j'avais trouvée.

Je n'aimais ni la boulangerie, ni ce village, ni cette vie. Je voulais être ailleurs ; apprendre, vivre, grandir. Sans être couverte de farine et faire ma figurante face aux touristes.

— J'adore cet endroit.

Son ton était doux et – j'ai jeté un œil pour vérifier – il souriait toujours ; mais, à ces mots, mon cœur s'est serré. J'avais espéré que lui aussi aurait envie de s'enfuir à tout prix.

— Vraiment ? Pourtant, ils sont tous tellement...

La plupart des villageois l'évitaient, sous prétexte que ses yeux verts ressemblaient trop à ceux des elfes. Alors que la moitié d'entre eux ont les yeux verts. Et moi aussi, selon la luminosité.

Il a haussé les épaules, puis il s'est tourné vers moi juste au moment où je levais les yeux. Et voilà : lui et moi, les yeux dans les yeux.

J'ai retenu ma respiration. Il allait me faire sa demande, c'était sûr.

Il n'a pas détourné le regard. J'ai remarqué les bosses sur son nez. Il avait dû être cassé. Et pas qu'une fois. Il avait une cicatrice aussi, sous l'œil gauche. Je ne l'avais jamais vu de si près. J'ai relâché mon souffle.

— Et vous, monsieur Robbie, où étiez-vous passé ? Ça fait des heures que je vous attends !

Il a ri.

— Je construisais une maison.

Là, c'est moi qui ai ri.

— Tu parles !

— Il faut bien qu'on vive quelque part. Le moulin est plein à craquer.

Il s'est penché vers moi. Un mince filet de sueur chevauchait sa lèvre supérieure.

— Je suis content, j'avais peur d'avoir rêvé hier soir. Même si je ne dors jamais.

— Non, ce n'était pas un rêve.

J'ai finalement détourné les yeux la première, fixant mes mains tachées de vert.

— J'aime la pâleur de ta peau. Même tes taches de rousseur sont claires.

Robbie a reposé le fouillis de fleurs par terre et attrapé ma main.

— Accepterais-tu de te fiancer avec moi ?

Les mots qui avaient encerclé mes oreilles et mon cœur toute la journée étaient prononcés.

Le regard tourné vers ses yeux verts et vifs comme la jalousie, je ne voyais plus que lui. Il s'est penché, nos bouches se sont effleurées et nos bras enlacés. Son contact, son odeur, son goût... j'ai cru que mon cœur allait éclater.

Je n'ai jamais dit oui à proprement parler, mais on est partis main et poing liés. Et, le soir même, lui et moi nous sommes retrouvés devant l'âtre familial, un mouchoir nouant nos deux poignets en signe d'engagement pour l'année à venir.

De ma mère, mon père, Angus, Fergus ou leurs femmes, personne n'a souri. Ils sont restés pour ainsi dire de marbre. Mais ils ne se sont pas interposés.

C'était un bon, un très bon musicien. Voilà ce qu'on disait de Robbie dans le village.

Et c'était vrai.

Lorsqu'il jouait, son visage se métamorphosait et son regard semblait venir d'ailleurs. D'une contrée lointaine. Notre pays compte quelques-uns des meilleurs violonistes, mais pas aussi doués que Robbie ; loin de là. Quand il jouait, c'était presque comme si son âme agitait ses doigts. Impossible de ne pas pleurer en entendant ses ballades ; impossible de ne pas danser sur ses gigues. Il était vraiment bon, le meilleur musicien que j'aie entendu de toute ma vie.

Trop bon, disaient certains.

On murmurait que Robbie ne se coupait les ongles que le dimanche. Le Malin l'avait engendré ; voilà de qui il tenait son doigté. D'ailleurs, qui avait déjà vu des yeux aussi verts chez une personne aussi mate de peau ?

Pour eux, ça ne marcherait jamais entre nous. Même pas un an.

Notre première nuit ensemble fut pénible. Pas parce que la maison qu'il construisait était inachevée ; en douze heures, il avait bâti une cabane avec un toit, quatre murs, un sol, et des espaces pour les fenêtres et la porte. Sans oublier une cheminée rudimentaire. Je me suis demandé si les esprits de la forêt l'avaient aidé. Même le matelas n'était pas pire que celui auquel j'étais habituée.

Non, ce n'était pas la maison ; c'était les bébés.

Je n'en voulais pas.

On avait passé le pas de la porte en s'embrassant. Ma bouche sur la sienne ; langue, lèvres et dents. Je sentais des vagues de chaleur – la sienne, la nôtre – envahir mon système nerveux sympathique. Mes mains posées sur son maillot, dessinant le contour de son dos, se retrouvèrent subitement sur sa peau. Torse nu, il tirait sur ma robe, la soulevait, caressait mes cuisses, et la sensation était si vive que j'ai poussé un cri.

Je me suis ressaisie en empoignant ses mains.

— Non, Robbie, me suis-je forcée à dire.

Il m'a fixée.

— Non ? Mais on est fiancés.

— Je sais, oui.

Je me suis écartée et je me suis assise sur le matelas, à défaut de pouvoir me poser ailleurs ; il n'y avait pas de chaise. Juste une boîte en bois contenant ses affaires et un sac avec les miennes. Il s'est assis près de moi. Trop près.

Mes deux ventricules s'activaient à plein régime, plus vite que jamais. J'étais à bout de souffle. Je me suis demandé si c'était toujours comme ça, si le désir provoquait toujours une telle fougue.

— Je ne peux pas avoir de bébés.

— Vraiment ?

Il m'a regardée avec tristesse.

— J'ai toujours voulu avoir des enfants.

J'ai pris une profonde inspiration. Sa cuisse était collée contre la mienne. Je la sentais à travers les couches de tissus rêches, de robe et de pantalon. Son maillot était par terre.

— Disons plutôt que je ne veux pas en avoir.

— Jamais ?

Il semblait sous le choc.

— Pas maintenant. Je suis trop jeune. Et je ne veux pas rester ici...

— Mais on vient de se fiancer ! Pourquoi avoir accepté si tu ne veux pas...

— Mais je veux être avec toi ! On peut vivre ensemble. J'aimerais retourner à l'école, étudier et réussir. Je veux aller à l'université, en ville, et devenir médecin.

— Médecin ? a répété Robbie, comme si je venais de dire une énormité.

— Oui. Mais si on... enfin tu vois... et que je...

Pourquoi avais-je autant de mal à prononcer les mots « sexe » ou « enceinte » ? Si je devenais médecin un jour, j'emploierais tout le temps ces termes. J'ai rougi. Un phénomène que je savais expliquer physiologiquement – dilation des petits vaisseaux du visage entraînant un afflux sanguin accru – mais que je ne pouvais empêcher.

— Tu ne veux pas le faire parce que tu ne veux pas te retrouver enceinte sinon ça t'empêchera de devenir docteur, c'est ça ?

Il a souri, mais de travers.

J'ai acquiescé.

— Tu sais, il existe des moyens de…

— Je sais, ai-je dit, les joues encore toutes rouges. Mais ce n'est pas fiable. Et, de toute façon, on ne peut pas se procurer de contraception au village.

Autant que je sache, aucune fille n'était sous pilule au village. La plupart ignoraient sûrement que ça existait. Le pharmacien vivait trois villages plus loin et il ne prescrirait pas quelque chose qu'il ne cautionnait pas.

— Alors qu'est-ce que tu sous-entends, Jeannie ? Que tu ne veux plus m'embrasser ?

Il se pencha en avant et posa ses lèvres sur les miennes ; mon cœur se mit à battre la chamade.

— Non, ai-je répondu dans un souffle, en pressant ma bouche sur la sienne.

Les lèvres possèdent plus de terminaisons nerveuses que presque n'importe quelle autre zone du corps humain.

— « Non » quoi ?

— Non je veux t'embrasser, ai-je dit en posant un baiser sur sa lèvre du haut puis sur celle du bas.

Sa bouche s'est entrouverte. J'ai senti sa langue effleurer la mienne.

On s'est embrassés fiévreusement. Ses mains caressaient

mon visage, mes cheveux, le bas de mon dos. Je sentais à la fois où elles se dirigeaient et où elles s'étaient posées.

— Oh, Robbie...

Je n'avais jamais ressenti ça. Cette fièvre, ce trouble, cette impatience. Il relevait le pan de ma robe.

— Robbie, ai-je chuchoté.

— Juste une caresse...

Il s'est penché pour embrasser ma cuisse dénudée, puis il a levé les yeux vers moi en souriant.

— Ce n'est pas une caresse qui plantera la graine.

Non, mais elle peut vous en donner envie.

On s'est caressés toute la nuit, s'étreignant, se repoussant et s'épuisant l'un l'autre sans réserve. L'aube pointait déjà quand on s'est finalement endormis.

Le lendemain matin, Robbie m'a dit qu'il attendrait.

— Je ne t'obligerai jamais à faire quelque chose contre ta volonté.

— Promis ?

— Promis, a-t-il dit en promenant ses doigts sur ma joue.

J'ai frissonné.

— Mais je ne peux pas te promettre de ne pas m'en plaindre, a-t-il ajouté en souriant. Alors tu es sûre ? C'est vraiment ce que tu veux ?

— Devenir médecin, oui.

C'était mon souhait le plus cher depuis toujours – mis à part l'envie d'être avec lui, mais ce désir-là était tout récent.

— Et partir ?

— Oui !

Je m'imaginais la liberté que l'on pouvait ressentir en ville. Cet endroit où les gens que l'on croise ne connaissent pas forcément votre adresse, votre employeur, vos parents et tous les autres membres de votre famille.

— Alors il faudra que je t'accompagne, a dit lentement Robbie. Je n'ai toujours voulu qu'une chose : jouer du violon et trouver ma bonne amie. Aujourd'hui, je t'ai. Je présume que je pourrai jouer là-bas autant qu'ici.

— La ville grouille de musiciens, tu sais. Mais je parie qu'aucun ne t'arrive à la cheville.

— Évidemment ! s'est-il écrié en riant. Ces violonistes n'ont pas un démon planqué dans la poche arrière !

Alors, la nuit, on se prenait dans les bras l'un de l'autre. On s'embrassait, on se caressait, on s'enlaçait, mais rien de plus, quel que soit notre désir. La journée, Robbie a accepté d'autres petits boulots : vendre des billets aux touristes, jouer pour eux, réparer la clôture des McKenzie, les portes de l'église, tout ce qu'il trouvait.

On ne m'a pas laissée réintégrer mon ancienne classe, donc finis les bavardages avec Fiona. La direction m'a collée avec des élèves plus jeunes que moi d'un an.

Peu importe. Je travaillais plus qu'eux. Mon ancienne prof s'est remise à me prêter des livres et, cette fois, plus besoin de les cacher. Elle m'a donné un nouvel exemplaire de l'*Anatomie & Physiologie* de Goldstein – le manuel que ma mère m'avait pris. J'avais bien l'intention de ne pas le perdre une deuxième fois. Et de réussir mes examens de fin d'année.

J'allais m'inscrire à l'université. Peu importe que dans l'histoire du lycée seuls deux élèves soient arrivés jusqu'en fac et qu'aucun d'eux n'ait obtenu de diplôme. Je serais différente. Comme Fiona.

Robbie disait qu'il n'avait jamais rencontré quelqu'un comme moi. Quand je parlais de l'université, de la ville, il me regardait fixement, comme si ce que je racontais était inimaginable.

— Quand tu seras médecin, tu reviendras vivre ici, n'est-ce pas ? m'a-t-il demandé un jour.

Pour la première fois, nous nous sommes disputés. Je ne comprenais pas pourquoi il aimait ce village et lui ne comprenait ma haine.

— Ils te détestent, ai-je dit.

Ce matin-là, en rentrant de l'église, les fils MacIlduy avaient craché sur les pieds de Robbie, mais il avait continué à marcher comme si de rien n'était.

— Pas tous.

— Ils te prennent pour un de ces esprits malins.

— C'est juste de la jalousie.

— Regarde ce qu'ils t'ont fait au visage, ai-je murmuré en touchant son nez et la cicatrice sous son œil.

Ce n'était qu'une supposition, mais il avait eu un mouvement de recul.

— Personne ne te traitera comme ça en ville.

— Tu n'en sais rien, a répondu Robbie en ramassant son violon avant de partir.

On ne s'asseyait pas aux côtés de ma famille pendant la messe. Et nous n'étions pas invités à souper chez eux. Des mois se sont écoulés avant que ma mère me rende visite ; elle avait veillé à ce que Robbie soit sorti.

— Ta maison est bien étroite, a-t-elle dit en s'installant sur la chaise que Robbie avait fabriquée.

J'ai pris place sur le matelas.

— Tu mériterais mieux.

— J'aime bien cet endroit.

Robbie était justement en train de construire une autre chaise ainsi qu'un meuble pour qu'on ait un endroit où ranger les vraies assiettes achetées dans le commerce et les couverts que la famille de Fiona nous avait donnés. On pouvait lire des petites étiquettes « fabriqué en Chine » dessus. Je n'avais jamais possédé d'objets provenant d'aussi loin.

— Ce n'est pas assez bien pour toi.

— Mais ça me plaît.

Chaque jour, je m'attachais un peu plus à Robbie. Non seulement il me faisait vibrer, mais il me faisait rire aussi.

— Il te battra.

Je me suis d'abord étranglée de rire, puis j'ai reculé de peur qu'elle ne me frappe. C'est alors que j'ai réalisé que j'étais chez moi ; elle ne pouvait pas me toucher.

— Ce n'est pas Robbie qui est violent.

J'ai repensé à son nez, à sa joue.

— Tu verras bien.

— Est-ce que tu veux un peu de thé ?

On n'avait pas encore de poêle, mais la cheminée ne fumait pas autant que chez mes parents.

— Ça ne prendra pas longtemps.

Ma mère a secoué la tête.

— Pourquoi as-tu repris l'école ?

— Parce que ça me plaît.

— Et il te laisse y aller ?

Je me suis rendu compte que ma mère n'avait pas prononcé une seule fois le nom de Robbie.

— Sais-tu que les vaches des McKenzie sont tombées malades ?

Oui, j'étais au courant.

— Et celles des Cowan aussi.

— Il travaille bien pour les McKenzie ? Il répare leur clôture, n'est-ce pas ?

— Oui, et alors ? l'ai-je provoquée en jubilant.

Affronter ma mère dans ma propre maison me rendait forte.

— Ça arrive que les vaches tombent malades.

— Les gens parlent, Jeannie, a-t-elle dit en souriant pour la première fois.

Je savais parfaitement *qui* parlait. Ma famille, déjà.

— C'est courant chez les humains.

Et il arrive même que certains ne soient pas mauvaises langues.

— J'espère pour toi qu'elles ne vont pas mourir.

— Qui ? Les personnes qui parlent ?

— Non, les vaches.

— Les vaches meurent tous les jours.

Ma mère a fait claquer sa langue.

— Et si tu tombes enceinte ? a-t-elle demandé en me tendant un sachet d'herbes qu'elle a sorti de sa poche. Tiens, ça t'évitera des ennuis.

Après son départ, je les ai plantées dans le potager que j'avais commencé, à côté des primevères. Deux jours plus tard, les fleurs étaient mortes.

La fois suivante, ma mère est arrivée avec un pain à la farine d'orge. Elle semblait fatiguée. Plus que d'habitude. J'ai poussé mes livres pour qu'elle puisse poser le pain sur la table que Robbie venait de terminer. Elle a soupiré en s'écroulant sur une chaise.

— Est-ce que tu comptes rester avec lui après votre année de fiançailles ?

J'ai approché l'autre chaise.

— Bien sûr.

J'étais heureuse. Il y avait Robbie et mes études ; la veille, on m'avait fait passer dans la classe supérieure. J'étais de nouveau assise à côté de Fiona.

Ma mère s'est mise à pleurer.

Je ne l'avais jamais vue dans cet état. J'ai tapoté doucement son épaule.

— Je t'aime, Jeannie.

Elle ne m'avait jamais dit ça non plus. J'avais déjà vu des parents dire à leurs enfants qu'ils les aimaient dans des séries télé, chez Fiona, mais jamais en vrai. J'ignorais ce que j'étais censée répondre.

— Qu'est-ce qui ne va pas, maman ?

— Promets-moi qu'à la fin de vos fiançailles tu ne te marieras pas.

— Non, je ne peux pas te faire cette promesse. Je l'aime.

Je le pensais sincèrement, même si je ne l'avais pas encore dit à Robbie.

— Tu n'es pas enceinte, au moins ?

J'ai secoué la tête, sans lui avouer pour autant que c'était hors de question. Elle n'avait pas à savoir ce qui s'était passé – ou non – entre ces murs.

— Bon, j'aurais essayé, a-t-elle dit en essuyant ses larmes.

— Comment ça « tu auras essayé » ? Qu'est-ce que ça signifie ?

— Que tu serais mieux sans lui.

— Non, je suis mieux avec lui. Pour la première fois de ma vie, je suis heureuse, tu comprends ?

Ma mère m'a dévisagée, les yeux rouges de larmes.

— C'est un esprit malin, tu le sais, n'est-ce pas ? Il n'est pas bien pour toi.

— Oh, je t'en prie, maman, ai-je soupiré.

Comment pouvait-elle croire une chose pareille ?

— D'accord, il a les yeux verts, mais ça ne prouve rien ! Toi aussi, tu les as verts !

— Pas autant que les siens, a-t-elle répondu en secouant la tête de dépit. Tu ne me crois pas, et pourtant tu devrais. Regarde où tu vis : ça sent même la sorcellerie. Ton père veut que tu reviennes à la maison. Il attendra la fin de tes fiançailles, mais seulement si tu promets.

— Si je promets quoi ?

— Que tu ne l'épouseras pas.

Elle s'obstinait à ne pas dire son nom.

— Je ne ferai aucune promesse. À la fin de l'année, je me marierai avec Robbie, que tu le veuilles ou non.

— Tu commets une grave erreur.

Je n'ai rien dit.

— Es-tu certaine de ton choix ?

— Oui.

— Dans ce cas, je te laisse, a-t-elle dit en se levant.

— Déjà ? Tu ne veux pas une tasse de thé ? Un petit pain au lait ? Je les ai faits moi-même, ai-je proposé en désignant le four que Robbie avait bricolé.

— Non, je dois retourner à la boulangerie. Ton père est seul à la boutique, et quatre autocars pleins de badauds sont en chemin.

Elle a tendu la main pour me caresser la joue. Encore un geste qu'elle n'avait jamais eu.

Ce n'est qu'après que j'ai découvert que Fiona était venue nous avertir. Mais il était déjà trop tard. Ma famille suivie de toute une clique est arrivée chez nous avant elle.

On était en train de s'embrasser. Mes mains étaient sous son tee-shirt et les siennes sur mes hanches. Dans ma tête, je cherchais un moyen d'avoir des enfants tout en poursuivant mes études de médecine à l'université.

Robbie me murmurait des choses à l'oreille, des mots qui se brouillaient à tel point que je n'entendais que son désir.

— Je t'aime, ai-je dit.

Plus tard, je me suis réjouie d'avoir prononcé ces mots.

— Je t'aime aussi, Jeannie, a-t-il répondu sans me quitter des yeux, en passant la main sur mes lèvres. Je t'aimerai toujours.

C'est à cet instant qu'ils ont commencé à tambouriner sur la porte.

On a sursauté. Robbie m'a serrée contre lui.

Mon père, Angus et Fergus ont fait irruption. Derrière eux, j'ai aperçu ma mère, Sheila et Maggie, et plus de la moitié des villageois. Certains tenaient des torches ; mon père avait une hache.

— Que se passe-t-il ? a-t-on demandé en même temps, Robbie et moi.

J'ai reculé, je me suis blottie contre lui en cramponnant mes mains à sa poitrine.

— Il y a une assemblée au village, a dit mon père. On aimerait que tu sois là.

C'est Robbie qu'il regardait, pas moi.

— Je vous remercie pour votre aimable invitation, a dit Robbie en me serrant encore plus fort, mais j'ai d'autres projets pour ce soir.

J'ai confirmé d'un signe de tête, consciente que, si j'essayais de parler, ma bouche tremblerait trop pour que je puisse articuler.

— Vous allez venir avec nous, a insisté mon père.

— Mais… papa ? Je veux qu'il reste, moi !

J'avais balbutié, la voix écorchée.

— Ça va, Jeannie, a rétorqué Angus, très imbu de lui-même. Laisse-le partir. On fait ça pour toi.

— C'est-à-dire ? intervint Robbie d'un ton ferme. Je ne vois nul besoin de partir de chez moi.

— Emmenez-le, a dit Fergus.

Ils se sont tous les trois approchés. On a reculé, en se tenant toujours plus fort.

— Non…

J'ai voulu hurler, mais ma gorge était trop nouée.

Angus m'a attrapée, j'ai lâché Robbie et essayé de me débattre, mais la panique dans laquelle j'étais ne m'aidait pas. Je crois que j'ai balancé un ou deux coups de pied dans les tibias d'Angus. Dommage que je n'aie pas porté de chaussures.

Plusieurs hommes avaient envahi la pièce à présent. J'ai vu Sholto McPherson et son père, les fils MacIlduy, les McAndrew, les Cavendish, ainsi que les McKenzie. Ils m'arrachaient à Robbie et l'éloignaient de moi. Lui balançait des coups de poing et des coups de pied, mais ils étaient bien trop nombreux.

— Laissez-le tranquille ! ai-je crié sans entendre le son de ma voix.

Plein de gens hurlaient et s'empoignaient en jurant. Des assiettes volaient en éclats ; des morceaux de bois se fracassaient.

Ils ont traîné Robbie dehors en lui crachant dessus et en le bourrant de coups de pied qu'il leur rendait de toutes ses forces. Son visage était en sang.

— Robbie !

J'avais les bras attachés dans le dos. Sholto McPherson et Fergus se démenaient pour m'attraper les jambes. J'ai eu Sholto en pleine figure ; ça m'a fait horriblement mal aux orteils, mais ça en valait la peine. J'espérais bien lui avoir cassé le nez.

— Robbie !

Je ne le voyais plus nulle part.

— Du calme, ma fille, a dit ma mère.

Sheila et Maggie se tenaient à ses côtés.

— Angus, Fergus, Sholto, vous pouvez y aller. On s'en occupe.

Dès qu'ils m'ont lâchée, je me suis précipitée vers la porte, mais ma mère avait manifestement prévu le coup : elle et la belle-famille m'ont carrément plaquée au sol.

— Laisse-moi partir, maman. Laisse-moi le retrouver.

J'ai essayé de me relever, mais Maggie était assise sur mes jambes. Le sourire jusqu'aux oreilles.

— Se fiancer à un démon... Mauvaise idée, tu ne trouves pas ?

— Ce n'est pas un démon.

— Efface-moi ce sourire, Maggie, a lâché ma mère. Il n'y a pas de quoi rire.

Maggie n'a rien dit, mais son sourire se lisait encore dans ses yeux. Si Sheila et ma mère ne m'avaient pas maintenu les épaules au sol, je leur aurais arraché les yeux.

— Qu'est-ce qu'ils lui font ? ai-je lentement demandé.

C'était si dur de parler sans que des larmes s'échappent en même temps ! Il n'était pas question que je pleure devant elles.

— Ils le jugent, a dit ma mère. Le verdict sera juste.

Ça, j'en doutais. J'ai fermé les yeux en me mordant l'intérieur des joues.

— Que va-t-il lui arriver ?

— Ce qu'il mérite.

— À savoir ?

Il méritait de vivre avec moi loin d'ici, mais ils ne lui accorderaient jamais ça.

— Faites en sorte qu'elle reste calme, les filles. Je vais nous faire du thé.

J'ignore combien de temps s'est écoulé avant que Fergus réapparaisse pour dire des messes basses à ma mère. Je dirais des heures. Peut-être des mois.

Elles m'avaient laissée me relever. J'étais recroquevillée sur le matelas, les yeux rivés sur le meuble jonché de débris d'assiettes, écoutant les murmures des uns et des autres sans réussir à distinguer le moindre mot. Je m'efforçais à tout prix de ne pas réfléchir, de ne pas imaginer. La seule pensée de ce qu'ils avaient pu lui faire était insupportable.

— On a quelque chose à te montrer, a fini par dire ma mère en se tournant vers moi.

Je me suis levée, meurtrie par tous les bleus qu'ils m'avaient faits. J'ai enroulé mon châle sur mes épaules, mais ça ne m'a pas réchauffée.

Ils m'ont alors conduite au bord de la rivière : ma mère, Sheila, Maggie et Fergus, tous main dans la main, comme si on partait en balade pour trouver des silènes en fleur en pleine nuit. Je les soupçonnais d'avoir envie de se mettre à sautiller. Si j'avais pu les tuer, je l'aurais fait.

— C'est juste là, devant toi, a soudain annoncé Fergus.

— Ne fais pas d'histoires, a dit ma mère en se tournant vers moi, sinon ils te feront la même chose.

J'ai aperçu un amas de loques. À moitié sorti de l'eau.

Ce n'étaient pas des loques. La boule qui me serrait la gorge a gagné tout mon corps. Je me suis agenouillée près de lui. Sa tête et ses épaules étaient sous l'eau. Il était immobile.

— Robbie ne faisait de mal à personne, ai-je dit tout doucement.

J'ai détaché ses mains en tirant violemment sur les liens qui les retenaient dans son dos. Ils étaient trempés et durs à dénouer. Ses doigts étaient enflés et cassés, tout comme ses bras. J'ai poussé son corps pour tenter de le retourner. J'étais déjà à bout de souffle.

Il ne ressemblait pas à Robbie. Son nez avait reçu tellement de coups qu'il était écrasé sur son visage. Ses yeux étaient ternes ; plus verts du tout. Et sa peau était plus pâle que jamais ; comme si le sang ne circulait pas en dessous. Il n'avait pas non plus son odeur.

Ils avaient chassé mon Robbie.

— C'était un démon, a dit ma mère. Un sorcier.

— C'était mon mari. Je l'aimais.

— Non, un simple fiancé. Rien de réel. Il t'a juste ensorcelée.

Ma mère a glissé son bras sous le mien et m'a tirée hors de l'eau. J'étais trop abasourdie pour me dégager. Je n'arrivais ni à pleurer ni à hurler. Tout mon être était paralysé.

— Il avait les yeux verts, a continué ma mère. Et cette façon qu'il avait de jouer du violon... Ce n'était pas normal. Personne ne connaissait ses parents. Sais-tu que les vaches des McKenzie sont mortes ? Juste après qu'il ait réparé leur clôture.

Ce n'était pas réel. Rien de tout ça ne se produisait dans les films que j'avais vus avec Fiona ou dans les livres et les magazines qu'on avait lus ensemble. Pas de nos jours. Pas dans ce monde. Ce pays. Ils étaient tous fous.

Pourquoi étais-je née dans ce maudit village ? Il était à moins de cent kilomètres de la ville, mais à des siècles de distance.

Ils m'ont emmenée à l'église et aspergée d'eau bénite. Je crois que certains étaient déçus de ne voir ni fumée ni boursouflures sur ma peau jadis si brûlante près de la sienne.

— La pauvre. Se retrouver fiancée à un démon, quel malheur ! Une chance qu'elle soit libérée et indemne.

Si j'en avais eu la force, je leur aurais craché au visage. J'aurais frappé dans tous les sens et hurlé tout mon soûl.

Mais j'étais à bout. Il me restait juste le courage de les supplier pour qu'ils me laissent enterrer mon Robbie.

Ma mère est intervenue. Alors ils ont accepté, mais pas de cimetière ni d'inscription sur la tombe.

Fiona, sa mère et son père ont manié la pelle avec moi.

Fiona pleurait. Sa mère aussi. J'aurais aimé qu'elles se retiennent ; leurs pleurs me piquaient les yeux. Elles n'arrêtaient pas de me parler, et je les écoutais sans rien comprendre. Leurs mots restaient en suspens au-dessus de moi.

Mes pensées étaient toutes tournées vers Robbie, mes yeux rivés sur la terre qui se déversait sur son torse, ses jambes, ses bras, son visage blême et abîmé. Lorsqu'il a été entièrement recouvert, je me suis effondrée : il ne restait rien de lui, juste de la terre.

Ensuite, Fiona et ses parents m'ont entraînée plus loin dans les bois, jusqu'à ce que l'on débouche sur l'enclos de voitures. Je n'ai pas posé de question. Je voyais à peine où je mettais les pieds. L'image de Robbie face contre terre dans la rivière m'obsédait. Tout comme celle de son corps enseveli. J'essayais de le revoir en train de rire, de me rappeler son sourire, quand ses yeux étaient encore verts, mais tout ce qui me venait à l'esprit, c'était son nez broyé, ses doigts cassés et la peau brûlée de ses poignets.

— Bon sang de bon sang ! criait le père de Fiona.

J'étais dans leur voiture. Fiona assise à côté de moi. Sa mère à l'avant, tournant la clé de contact, mais en vain. Dehors, le soleil se levait. Des champs s'étiraient à perte de vue de chaque côté.

— Qu'est-ce qui se passe ? ai-je demandé.

— La voiture est en panne, a répondu Fiona en ouvrant la portière.

Je l'ai suivie à l'extérieur.

Penché sur le véhicule, son père continuait à jurer.

— Essaie encore une fois ! a-t-il lancé.

— Je suis vraiment désolée, m'a dit la mère de Fiona.

J'ignorais à quoi elle faisait allusion. Robbie ? La voiture ? Le village ?

— Moi aussi.

Son père a refermé brutalement le capot. Il a hoché la tête vers moi.

— Navré, Jeannie, mais on va devoir faire demi-tour et pousser la voiture jusqu'au village, a-t-il dit. Dougie y jettera un œil. C'est un as des moteurs. On te sortira d'ici quand elle sera réparée, je te le promets. On ne te laissera pas tomber.

— J'aurais tellement aimé que tu restes chez nous, a dit Fiona. Tu sais… le temps des réparations.

J'ai acquiescé.

C'était impossible. Il y avait déjà trop d'animosité entre les siens et ma famille.

— Je vais retourner au cottage, ai-je dit en essayant de ne pas penser au drame qui s'y était déroulé. Je crois que j'ai suffisamment d'argent pour terminer ma scolarité au lycée.

Je n'avais jamais vécu seule, mais cette maison était à moi. Chaque planche qui la constituait avait été en contact avec Robbie. J'avais *besoin* d'être là-bas.

— Oh ! a dit Fiona en baissant les yeux.

On était assises dans sa cuisine. Ses parents étaient partis ouvrir leur boutique. Il nous restait une heure avant le début des cours.

— Oh quoi ?

— C'est que, le cottage, ils...

— Qu'est-ce qu'ils ont fait ?

— Il ne reste plus rien, Jeannie. Ils l'ont détruit. Réduit en cendres.

Cette fois, j'ai pleuré, assaillie par l'image de cette maison aussi anéantie que Robbie.

Ma mère est venue me chercher pendant mon premier cours de la journée. Le petit Tommy de Sheila et Angus avait des coliques et ils n'avaient personne pour le garder.

On m'a autorisée à quitter la salle.

J'ai suivi ma mère sans un mot ; sans un regard non plus. Je m'étais juré de ne plus jamais leur parler ni les toucher.

Ma mère n'a rien dit au sujet de mon retour à la boulangerie, mais un sac d'affaires à moi était posé sur mon ancien lit. Il ne contenait ni livre, ni argent, rien de ce que Robbie m'avait donné. Juste des vêtements.

Ils m'ont réveillée à minuit pour aider aux fourneaux. Et, quand est venue l'heure d'aller au lycée, j'ai dû une nouvelle fois m'occuper de Tommy.

Je travaillais dur, pétrissant et malaxant la pâte pour en faire un pain.

À la fin de la semaine, je suis allée voir Fiona. La voiture était toujours en panne. Dougie ne savait pas quoi en faire. Il avait commandé de nouvelles pièces, alors la semaine prochaine, peut-être…

Je ne pouvais pas attendre jusque-là. Fiona m'a donné de l'argent, l'adresse de sa tante en ville, de la nourriture et de l'eau, et son vélo.

Moins d'un kilomètre plus loin, un pneu a crevé. J'ai abandonné le vélo au bord de la route et décroché le paquetage pour le mettre sur mes épaules. Au bout de trois pas, je me suis écroulée, foudroyée par un terrible point de côté.

Mon père m'a retrouvée et ramenée à la boulangerie. La rebouteuse est venue et a dit que j'étais lessivée et assoiffée (épuisée et déshydratée, aurait dit un vrai médecin). J'ai passé le reste de la journée au lit, à boire de l'eau, à uriner dans un pot de chambre, à maudire ma famille et le village tout entier.

Les parents de Fiona ont acheté une nouvelle voiture. Cette fois, mon père, Angus et Fergus m'ont interceptée avant même qu'on ait quitté l'enclos. Ils n'ont pas demandé où on allait. Ils se sont juste plantés devant le véhicule comme des chênes. Le visage impassible. Sourds à tout ce que leur disait le père de Fiona.

Je les ai suivis sans rien dire.

Puis l'été est revenu, et la fête du Pain avec. Je me retrouvais à dix-sept ans, déjà veuve et pas près de pouvoir fuir cet endroit. Dans un an, Fiona saurait si elle était acceptée à l'université. Elle vivrait peut-être déjà en ville. Pendant que moi je serais encore ici.

J'ai accepté de me fiancer avec Charlie McPherson, car je n'aurais pas supporté une nuit de plus chez mes parents.

Sans compter qu'il n'avait pas plus envie que moi du contact physique. Il n'aimait pas les filles ; moi je n'aimais personne à part Robbie.

Charlie était un bon garçon. Nos fiançailles nous mettaient tous les deux à l'abri. Même si nous habitions près de sa famille, nous ne vivions pas chez eux. Son père était tellement aux anges de voir Charlie avec une fille qu'il l'a aidé à construire un cottage. Différent du précédent. Celui-ci n'avait pas une chambre mais quatre, et les murs et fenêtres étaient dépourvus de grâce. Cependant, c'était mieux que la boulangerie et ça m'évitait d'avoir à rompre le pain chaque matin avec cet idiot, ce vaniteux, ce meurtrier de Sholto.

La vie s'est adoucie, puis elle a repris son cours. Charlie et moi épargnions tout l'argent que nous gagnions en nous occupant des touristes. Il s'est avéré que Charlie tenait autant à partir que moi. Lorsqu'on serait installés en ville, on prendrait n'importe quel travail que l'on trouverait et on reprendrait nos études. Charlie était très doué pour les chiffres, et il voulait faire quelque chose – n'importe quoi – qui lui permettrait de baigner dedans au quotidien. Professeur de mathématiques, peut-être. Il s'en fichait. Ce n'était pas Robbie, ni même Fiona, mais je l'aimais bien. Et je savais qu'il n'était pour rien dans la mort de Robbie. Contrairement à son frère, à son père et à la moitié des hommes du village.

La tristesse qui enserrait mon cœur a commencé à s'atténuer. Légèrement.

Un jour, ce relâchement s'est accentué, et à la fête du Pain suivante, deux ans après cette belle journée d'été où Robbie s'était assis près de moi et m'avait demandée en fiançailles, ce jour-là, mon Robbie est revenu au village.

Je revenais du puits, une cruche dans une main, et la première-née de Maggie et Fergus, Bonnie, calée sur ma hanche, quand je l'ai aperçu. Il s'est dirigé vers moi, plus grand que dans mon souvenir et beaucoup mieux habillé. J'en ai eu le souffle coupé. Ma bouche s'est entrouverte... puis refermée. Son image était là, collée à ma rétine, mais mon cerveau n'arrivait pas à comprendre.

— Robbie ?

Son nez était droit ; la cicatrice sous son œil avait disparu. Bonnie s'est tortillée contre moi pour essayer de me tirer les cheveux avec ses doigts poisseux.

Comment pouvait-il être là ?

Il s'est avancé vers moi. Puis il s'est arrêté à moins d'un mètre. Personne n'a crié ni tenté de l'attraper ou de lui jeter des pierres. J'étais la seule sous le choc. Personne ne regardait dans sa direction. C'était un fantôme.

Comme du brouillard, le silence s'est abattu sur le village. Les va-et-vient ont ralenti jusqu'au calme complet. Bonnie a arrêté de jouer avec mes cheveux ; un filet de bave est resté en suspension au coin de sa bouche, sans tomber.

— Tu es...

Je ne savais pas comment formuler mes questions. J'avais envie de poser le bébé par terre et de me jeter dans ses bras.

Robbie me regardait fixement. Sa peau était vert pâle, comme s'il avait été souffrant.

J'ai posé la cruche et le bébé immobile de mon frère à côté.

— Ton corps a changé mais ton visage est resté pur, a-t-il dit. Je vois qu'il ne t'a pas fallu longtemps pour me remplacer et avoir un bébé.

— Un bébé ? ai-je bredouillé, confuse. Ce n'est pas ma fille, Robbie. C'est celle de mon frère. Pourquoi parles-tu de cette étrange façon ? Qu'est-ce que tu fais ici ?

— Là d'où je viens, Jeannie, j'aurais pu prendre une noble dame, une reine pour épouse. Mais je n'arrivais pas à oublier ma Jeannie et les promesses que nous nous étions faites.

— Où étais-tu, Robbie ? Tu es – étais – mort. J'ai vu ton cadavre. Je t'ai enterré.

Mes yeux me piquaient. Je le voyais encore gisant dans sa tombe, défiguré et mutilé. Et le voilà qui se tenait face à moi, sans même une bosse sur le nez. J'aurais aimé le toucher, m'approcher de lui, respirer son odeur, voir si c'était bien mon Robbie.

— Je méprisais ses richesses, ses perles, ses fourrures, sa légèreté. Je méprisais sa douceur parce que mon cœur avait pour seul désir de te retrouver. Mais tu n'es plus vierge à présent, hein ?

— Si.

— Vraiment ? s'est-il étonné d'un ton dur. Tu t'es pourtant remariée. On me l'a dit.

— Oui, avec Charlie McPherson. Tu te souviens de Charlie ?

— Tu prétends m'avoir attendu ? Être restée pure pour moi ?

Il était en colère.

— Je ne t'ai jamais trompé. Tu étais mort. Je t'ai enterré. Six pieds sous terre, sans fleurs ni couronnes.

— Qu'est-ce que la terre, si ce n'est un chemin vers le royaume souterrain ?

Je me suis assise, ou plutôt mes jambes ont flanché.

— Le royaume souterrain ?

— Le monde des fées, où règnent un roi et une reine. C'est elle qui me voulait pour époux.

Le monde surnaturel. Le peuple des elfes, des fées et des esprits. Toutes ces croyances auxquelles mes parents adhéraient et dont je n'avais jamais voulu entendre parler.

— Ils vivent sous terre ?

J'ai posé la main sur le sol, enfoncé les doigts dans la terre en attendant que quelque chose surgisse devant moi.

Robbie s'est accroupi et penché vers moi. Il sentait la terre. Ses yeux étaient plus grands qu'avant. Et bien plus verts. J'ai tendu le bras pour toucher sa main. Elle était chaude, comme si le sang circulait encore sous l'épaisseur de sa peau. Je m'attendais au froid. Sa peau contre la mienne – épiderme contre épiderme – me procurait la même sensation qu'autrefois, quand il était vivant : le désir.

Il s'est rapproché, effleurant mes lèvres avec les siennes. Son souffle avait l'odeur de la terre. J'avais envie de l'embrasser.

— Je pourrais te tuer, a-t-il dit.

Il a pris mon visage dans ses mains.

— J'ai bien plus de force à présent. Je pourrais te broyer le crâne.

— Je t'aime, ai-je dit d'une voix sereine.

— C'est la dernière chose que tu m'as dite avant qu'ils m'emmènent de force.

Faux. Ma dernière parole pour lui avait été son prénom, que j'avais hurlé aussi fort que me le permettait mon cœur brisé.

— Est-ce que tu le pensais plus à l'époque qu'aujourd'hui ? a-t-il demandé en comprimant davantage mon visage entre ses mains.

— Je t'ai toujours aimé, Robbie, et ça ne changera jamais. Même depuis deux ans que tu as disparu sous terre.

Une larme a coulé sur ma joue.

— Quatre semaines pour moi. Il y a un mois, nous étions encore ensemble.

— Quatre semaines ?

Il avait dix-huit ans quand ils l'ont tué, et le même âge aujourd'hui. Alors que moi j'allais bientôt les fêter.

— Tu t'es trouvé un nouveau fiancé.

J'ai secoué la tête.

— Charlie McPherson est un fiancé fictif !

— Tu m'as complètement oublié.

— Ce n'est pas...

— Pas quoi, mon amour ? Pas vrai ? Cet enfant sur l'herbe n'est pas le tien ? L'alliance à ton doigt appartient à une autre ?

— Bonnie n'est pas ma fille. Pourquoi ne veux-tu pas m'écouter ? Et mon fiancé... c'est Charlie ! Souviens-toi ! Il ne s'intéresse pas aux filles. Je suis aussi vierge que le jour...

J'ai hésité.

— ... que le jour de ton assassinat.

— Nos vœux sont en miettes et tombés aux oubliettes, a dit Robbie doucement.

Il récitait son discours sans m'écouter. Il souriait, mais c'était un simple mouvement de lèvres.

— Tu t'es unie à un autre et tu es devenue mère.

— Non ! C'est faux ! Regarde-la, regarde ses cheveux ! Ses petits yeux qui louchent ! C'est le portrait de sa mère Maggie. Mon enfant ne ressemblerait pas à ça.

— Aurait-ce été si pénible de m'attendre ?

Ses mains appuyaient fermement sur mon crâne. Je me demandais quelle partie céderait en premier s'il se mettait à presser. Ma mort serait-elle lente ?

— Attendre ? Mais tu étais mort, Robbie ! J'ai tenu ton corps disloqué dans mes bras. Ton nez était broyé, ton regard éteint. Tous ces monstres, ces moralisateurs – mon père, mes frères, Sholto McPherson, son père et même le prêtre – ils t'ont assassiné !

— Je sais, a-t-il acquiescé, m'écoutant enfin. Ils ont juré et craché sur ce corps à l'agonie qu'ils venaient de battre à coups de pied, de poing et de pierres.

— Alors pourquoi es-tu en vie à présent ? Est-ce que tu as vendu ton âme en échange d'une seconde vie ?

— Non, a répondu Robbie. Après ma mort, j'ai sombré sous terre jusqu'à ce que je surgisse dans le royaume de cette femme, tous les os soudés et la peau intacte.

— Tes anciennes cicatrices ont disparu. Comme les bosses sur ton nez.

J'ai posé les mains sur ses doigts guéris et senti la puissance de ses mains. Il lui en faudrait peu pour m'écraser.

— Là-bas, sous terre, ils ont tous les yeux verts.

— Ils sont de ta famille ?

Il a hoché la tête.

— Les autres disaient vrai : je suis un esprit. Un sorcier, un elfe, un être surnaturel.

— Peut-être que les gens de ce peuple sont morts, eux aussi ? Si tu me tues, ai-je dit avec défi bien que terrifiée qu'il puisse me prendre au mot, je deviendrai comme toi.

L'espace d'un instant, la pression qu'exerçaient ses mains sur mon crâne a augmenté. J'ai ravalé ma peur et mes cris. Puis il s'est mis à rire et a fait glisser sa main gauche sur ma joue.

— Je suis aussi vivant que toi.

Un soupir de soulagement m'a échappé. Il n'allait pas me tuer maintenant.

— Tu n'as pas la même odeur qu'avant, ai-je risqué.

— Pourtant je me lave toujours.

Robbie est tombé à genoux.

— J'ai servi la reine pendant quatre semaines. Chaque jour, elle me demandait de devenir sien, et chaque jour je refusais. Puis elle m'a laissé partir. Ils m'ont dit que tu ne serais pas fidèle.

— Ils avaient tort.

— Ils ont prédit que, lorsque je reviendrais vers toi, tu

serais avec un autre homme et qu'il y aurait un enfant. Ils m'ont dit que tu aurais oublié mon nom. Je leur ai ri au nez, mais pas autant qu'eux.

Sa voix s'est cassée.

— Tu vois, ils n'ont pas menti. Ils ne mentent jamais.

C'est ce que la légende voulait, mais dans la réalité tout ça n'était que mensonges.

— Ils avaient tort, Robbie. Je n'ai jamais oublié ton nom. Pas un jour n'est passé sans que je pense à toi. Je n'ai pas d'enfant, et je suis fiancée avec un homme qui ne posera jamais la main sur moi. Il n'y a jamais eu qu'un seul homme dans ma vie, c'est toi.

— Mais tu ne m'as pas attendu.

— Personne ne prendra ta place. Je m'évade de cet endroit aussi souvent que possible. Tout ce que je souhaite, c'est m'éloigner de ces gens et de tout ce qu'ils t'ont fait. J'ai essayé de m'enfuir, mais en vain. Je suis prisonnière de ce village.

— Oui, c'est à cause du sort qu'ils t'ont jeté : la *jettatura*. Tu ne peux pas t'échapper, même si tu cours aussi vite que tu peux. Ton chemin est bloqué.

— Quoi ? La *jettatura* ?

Je connaissais ce mot, pourquoi en avais-je oublié le sens ?

— Tes parents. Ils se servent de mon sang pour te retenir ici. Tant que j'étais sous terre, tu ne pouvais pas partir.

Robbie s'est levé en m'entraînant avec lui et m'a de nouveau lancé ce sourire dur. Il me tenait par la main.

— Viens, marchons un peu.

Je l'ai suivi, incrédule. Mes parents avaient utilisé la magie – le sang de Robbie – pour m'empêcher de partir. Moi qui pensais que je ne pouvais pas les haïr davantage. La voiture en panne des parents de Fiona, le vélo, mon point de côté : tout ça était l'œuvre de mes parents.

On est sortis du village, loin de l'enclos et des bus touristiques. Un troupeau de touristes était figé, certains avec l'appareil photo braqué vers le village, les autres regardant vers le large.

Robbie m'a conduite au bord de la falaise. L'océan grondait en contrebas. Il n'y avait pas un souffle de vent. Les mouettes étaient immobilisées dans les airs.

— Ils t'ont tué pour me garder prisonnière.

Robbie a ri.

— Ça non ! Ils voulaient vraiment ma mort. La *jettatura* n'était qu'une question de prudence de leur part. Pourquoi gaspiller tout ce sang d'elfe ?

— Je vais les tuer.

Il a ri plus fort.

— Je t'aiderai volontiers.

En posant la main sur son torse, j'ai senti les battements de son cœur. J'ai glissé la main jusqu'à sa gorge, mais il n'y avait aucun pouls.

— Tu es vivant, Robbie.

— Vivant mais mort aux yeux de ce monde.

Je me suis penchée pour rapprocher mes lèvres des siennes. Entre nous, l'air a laissé place à la tension. Je sentais la chaleur de sa bouche, mais pas le souffle de sa respiration. Seule l'odeur de terre me parvenait. Malgré tout, j'avais envie de lui.

— Est-ce que tu me crois à présent, à propos de Bonnie et Charlie ?

J'avais posé la question en fixant ses yeux trop verts.

Il a souri. Le premier sourire qui évoquait le Robbie d'autrefois.

— Bonnie n'a pas grand-chose de toi. Quant à Charlie, je me souviens de lui. Je l'aimais bien, surtout parce qu'il était presque aussi rejeté que moi.

— Bien, ai-je dit. Les elfes sont donc des menteurs.

— Ils ne mentent jamais.

— Mais ils peuvent induire en erreur, se tromper, non ? N'est-ce pas ainsi qu'ils piègent les héros dans les ballades ? Ce qu'ils t'ont dit n'est pas un mensonge, mais ce n'est pas vrai non plus, pas entièrement. Ils n'ont pas dit que j'étais mère, n'est-ce pas ? Seulement que tu me trouverais avec un enfant.

Robbie a hoché la tête.

— Je ne t'ai jamais menti, et je n'ai jamais rien dit qui ne soit pas la vérité pure.

— Je sais, a-t-il dit en me caressant la joue. J'avais oublié tout ça. C'est à cause d'eux, ils ont le pouvoir de te faire oublier.

— On n'est jamais allés très loin tous les deux, ai-je enfin avoué en me rapprochant.

— On s'embrassait, on s'enlaçait, a enchaîné Robbie.

Ses lèvres étaient de plus en plus près des miennes.

— On se caressait partout.

J'ai acquiescé timidement.

— J'avais toujours l'impression que mon cœur était sur le point d'exploser.

— Moi aussi, à chaque fois, a-t-il confessé en riant. Tu me rendais fou.

— Il le fallait bien. Je ne pouvais pas être épouse et mère, à moins de renoncer à mes rêves. Ce n'était pas ce que je voulais. Sauf avec toi.

— Mais plus tard. Quand tu serais devenue médecin.

— Oui, mais ce futur aussi, ils nous l'ont pris, n'est-ce pas ?

— Pas complètement, mon amour. Là d'où je viens, il y a des perles, de la soie, du velours, de l'or et des milliers de livres. Tout sera à toi si tu m'accompagnes et que tu te rappelles nos promesses. Il te suffit de me suivre.

Il a regardé au large en s'approchant un peu plus du bord, et m'a attirée contre lui.

— Tu veux que je meure et que je quitte ce monde, comme toi ?

— Oui.

Il a affiché un sourire plus grand, plus sauvage.

— On serait ensemble. Là-bas, le monde est tellement plus beau qu'ici.

Ses lèvres se sont posées sur les miennes. La sensation était électrique. Plus vive que nos baisers d'antan. Son cœur ne battait plus réellement, mais je voulais être avec lui autant que le jour de notre rencontre, quand je l'ai vu dans la rivière.

— Pourquoi rester ici, Jeannie ? Quitte ta famille. Tu ne les as jamais aimés, et eux non plus. Viens avec moi. Viens t'instruire auprès du peuple des elfes. Ils sont plus érudits que n'importe qui sur terre. Ils t'apprendront tout ce que tu souhaites savoir. Tu peux devenir médecin là-bas plus facilement qu'ici. Leur univers est aussi vaste que celui-ci. Nous le découvrirons ensemble.

— Mais je ne suis pas de ce monde, Robbie. Qui te dit qu'ils m'accepteront ?

— Vous appartenez tous à ce peuple, a-t-il dit. Plus que d'autres pour certains, et beaucoup moins pour quelques-uns, mais il n'y a pas une personne de ce village ou des autres qui n'ait pas au moins une goutte de leur sang dans les veines.

Je voulais protester, mais le sort que mes parents m'avaient jeté me poussait à croire que Robbie disait vrai. Fiona et sa famille ne s'étaient jamais opposés directement à mes parents. Ils n'avaient jamais rien dit à personne, ni aux autorités en dehors du village. Ils savaient tout, et moi aussi. Les règles du village ne sont pas celles du monde extérieur. Parce que ce sont des êtres surnaturels. Eux comme moi.

— Selon la luminosité, a dit Robbie, tes yeux sont verts. Ils s'apparentent déjà à ce qu'ils deviendront. Viens avec moi, Jeannie.

Il m'a serrée contre lui. Je sentais qu'il m'aimait, qu'il avait besoin de moi autant que j'avais besoin de lui.

Il a fait un pas de plus vers le bord de la falaise.

— Toi et moi, Jeannie.

Des cailloux se sont dérobés sous mes pieds. Ils ont ricoché sur la paroi avant de disparaître dans l'eau, loin en contrebas.

— Pas tout de suite, Robbie.

Mon cœur battait à tout rompre.

— J'ai économisé tout ce que j'avais. Charlie et moi allions fuir en ville. Nous pouvons maintenant, n'est-ce pas ? Tu as refait surface, alors...

— Le sortilège est rompu, a-t-il acquiescé.

— Pourquoi tu ne viendrais pas avec moi en ville ? On pourrait se marier pour de bon. Tu pourrais jouer ta musique et on te paierait pour ça. Tu es le meilleur violoniste que je connaisse. Tu serais riche !

Il a donné un coup de pied dans le sol, projetant davantage de terre et de cailloux dans le vide.

— Je suis déjà riche sous terre.

— Viens avec moi, Robbie !

J'essayais de l'imaginer dans une ville, entouré d'immeubles, de voitures et d'à peine quelques arbres ou fleurs. Je ne l'avais toujours vu qu'ici. Dans ce petit village, avec ses elfes, sa colline, ses frênes, sa rivière. Moi-même, j'avais du mal à m'imaginer ailleurs.

Il a secoué la tête.

— La ville n'est que chrome, fer et acier. Voitures,

camions, essence, fumée et pollution. Tout brûle là-bas. Non, Jeannie, tu dois venir avec moi.

Nous étions si près du bord que d'un geste il m'aurait fait basculer.

— Je ne veux pas mourir.

— Ce n'est pas la mort, Jeannie, a-t-il dit en m'embrassant. C'est une vie plus longue, un monde plus grand.

— Je veux vivre avec toi, Robbie. J'y tiens vraiment. Loin de ma famille et de ce village. Mais je voudrais que tu aies un cœur qui batte. Je voudrais le Robbie qui existait avant qu'ils viennent te chercher, avant ce monde souterrain. Je t'en prie, Robbie, pars avec moi.

Il m'a enlacée encore plus fort. J'ai senti ses baisers dans mes cheveux. Ma gorge se serrait et les larmes me brûlaient les yeux.

— Je ne peux pas, a-t-il murmuré. Au crépuscule, mes habits se transforment en plumes, et mon corps en cendres. Dans ce monde je suis mort, Jeannie.

Je l'ai serré dans mes bras de toutes mes forces. Je l'ai embrassé encore. Ses joues, ses yeux, son cou.

— Mais je croyais que tu avais arrêté le temps ?

Il a ri doucement.

— Non. Le soleil comme la mer à nos pieds poursuivent leur cycle. J'ai beau être surnaturel, je ne suis pas Dieu.

— Combien de temps nous reste-t-il ? ai-je chuchoté. Une heure ? Deux ?

— Une heure. Tout au plus.

On s'est laissés tomber par terre.

— Sauf si tu viens avec moi, Jeannie. C'est tellement beau là-bas...

— Qu'est-ce que ta reine fera de moi ? Ne crois-tu pas qu'ils chercheront à nous séparer ? On ne peut pas leur faire confiance. Regarde comme ils t'ont monté contre moi.

— Mais on l'a emporté, Jeannie. Ils respectent les vainqueurs. Tu pourrais apprendre à devenir médecin. C'est un univers immense. Plus vaste qu'ici.

— Je ne crois pas à ce monde, Robbie. Je crois déjà à peine à l'existence d'une ville en dehors de ce village.

— On serait heureux.

— Et si je changeais d'avis, est-ce qu'ils me laisseraient revenir dans ce monde ?

— Tu serais un être surnaturel, Jeannie...

— ... Et le fer me brûlerait.

J'ai secoué la tête en déboutonnant sa chemise. Il a retiré sa veste et l'a jetée brusquement.

— Je ne t'ai jamais oublié, Robbie.

Il a passé mon chemisier par-dessus ma tête, embrassé mon ventre. Je sentais mes joues chauffer.

— Tu restes mon Robbie, même sans cœur.

— Oui.

On s'est enlacés, entortillés, couvrant la moindre parcelle de peau de nos baisers. Autour de nous, le monde s'est assombri en un instant.

— Je dois y aller, a-t-il dit en me serrant. Est-ce que tu m'accompagnes ?

J'étais tiraillée. D'un côté, j'avais envie d'être avec lui pour l'éternité. Dans l'au-delà, dans ce monde à lui. Mais...

— Je t'aime, Robbie. Je t'aimerai toujours. Toi seul.

— Tu me le promets ?

— Oui.

Le mot « promesse » a résonné en moi.

Il m'a de nouveau embrassée. Très fort, à quelques millimètres du bord. Je sentais son corps devenir plus lourd, glisser vers le vide, vers l'océan et son royaume souterrain. Il m'entraînait avec lui.

— Non, Robbie ! Souviens-toi de la promesse que tu m'as faite un jour ! Tu as dit que tu ne m'obligerais jamais à faire quoi que ce soit contre ma volonté. Je ne veux pas partir, Robbie.

Il a tourné la tête vers moi, les yeux embués de larmes. Je ne savais pas que les esprits pouvaient pleurer.

— Tu me l'avais promis, tu te rappelles ?

— Je t'aime, Jeannie.

Et il m'a lâchée. Je suis tombée à la renverse, lui dans le vide.

— Adieu, Robbie.

Ses habits à mes pieds se sont changés en plumes. Le vent s'est levé et les a emportés, ébouriffant mes cheveux. Je me suis écartée de la falaise, attrapant mes vêtements pour me rhabiller avant qu'ils ne s'envolent eux aussi, et je suis retournée au village en passant devant les touristes curieux et leurs éternels appareils photo, devant les villageois étriqués incapables d'oublier le passé.

Maggie est arrivée en courant pour me gronder d'avoir laissé sa fille sans surveillance. Sans daigner lui répondre, j'ai ramassé la cruche et rebroussé chemin vers la maison de Charlie.

Une semaine plus tard, nous habitions en ville dans une modeste pension de famille. J'ai trouvé un emploi dans une boulangerie, Charlie chez un libraire. On nous a tous les deux laissés reprendre l'école. En ville, c'était gratuit.

Le bébé est né en mai : Fée Verte. En souvenir de Robbie.

Caprice de fan

Gabrielle Zevin

Un

Vous connaissez forcément cette fille.

Ses cheveux ne sont ni longs ni courts, ni blonds ni bruns ; elle les coiffe en se faisant une raie bien au milieu.

Elle s'assoit pile au centre de la classe, et idem à l'époque où elle prenait le bus : elle choisissait une place ni devant ni au fond.

Elle s'inscrit à des clubs, mais ce n'est jamais elle qui les préside. Elle est au mieux secrétaire, mais d'ordinaire simple membre. Il est arrivé qu'on lui demande de peindre des décors pour la pièce de théâtre de fin d'année, et elle l'a fait.

Elle a toujours un cavalier pour le bal, mais ce n'est jamais elle qu'on choisit en premier ; d'ailleurs, on ne la choisit jamais pour quoi que ce soit. Une fille est devenue sa meilleure amie parce qu'une autre a déménagé.

Il y a bien un groupe d'élèves qu'elle retrouve tous les midis, mais elle s'ennuie ferme avec elles. Parfois, quand elle ne les supporte plus, elle déjeune à la bibliothèque. À vrai dire, elle préfère les livres aux gens ; et la bibliothécaire semble toujours contente de la voir.

Elle sait que certaines personnes sont beaucoup plus à plaindre : elle n'est ni pauvre ni moche, ni seule ni persécutée. Évidemment, elle a aussi conscience du fait que, si personne ne la persécute, c'est parce qu'on ne la remarque jamais.

N'allez pas croire qu'elle n'a pas de qualités.

Elle pourrait être jolie, si quelqu'un se donnait la peine de la regarder. Elle a plutôt de bonnes notes. Elle ne boit pas quand elle conduit et elle dit NON à la drogue. Et puis elle est toujours là où on l'attend, et elle appelle quand elle est en retard. Au fond, elle se sent un peu morte ; pas vraiment, mais un peu quand même.

Ce qu'elle en pense, elle ?

Vous pensez me connaître, mais vous vous trompez.

Personne n'a la moindre idée de ce que je ressens, ni à quel point je suis merveilleuse.

Voici ce qu'elle se dit :

Regardez. Regardez-moi !

Parfois elle a envie de hurler.

De craquer pour de bon.

Mais elle ne le fait pas.

Elle écrit plutôt dans son journal et elle attend.

Elle attend que quelqu'un la *regarde*.

Deux

La bibliothécaire est nouvelle cette année, et elle est à peine plus âgée que les élèves. Elle porte des collants, des jupes crayons avec des pulls en cachemire, et des babies en cuir verni. Une bibliothécaire stylée comme les pin-up de *Playboy*. Il paraît que les petits nouveaux de première année n'arrêtent pas de trouver des prétextes pour filer d'urgence à la bibliothèque et regarder sa poitrine en douce.

Cette jeune femme regorge d'idées et de suggestions de lecture, et Paige (Quoi ? J'ai oublié de vous préciser le nom de cette fille ? Soit, elle en a vu d'autres), Paige, donc, estime qu'elle en fait trop et ça la fatigue. Elle préférait l'ancienne bibliothécaire (ancienne dans tous les sens du terme), dont la peau était aussi grise que les murs.

— Bonjour, Paige, chuchote la pin-up avec un air de conspirateur. Ça, ça devrait te plaire. On vient de le recevoir.

La bibliothécaire pose un livre sur la table face à Paige. Sa jaquette est noire et brillante. Aucun dessin en couverture, juste le titre en lettres argentées : *Les Immortels*.

Paige hésite.

— Ça parle de quoi ?

— C'est de la fantasy.

— Le truc, Mademoiselle Penn, c'est que je déteste la fantasy.

Paige trouve que la fantasy, c'est bon pour les loosers et ceux qui s'ennuient dans la vie.

La femme se met à rire.

— C'est aussi une histoire d'amour, tu sais !

Paige trouve aussi que la plupart des romans modernes sont gnangnan, mais elle ne veut pas saper le moral de la pin-up.

— Je ne sais pas...

La femme rit encore ; c'est le genre à rire tout le temps.

— Je ne te force pas, mais rien ne t'empêche d'y jeter un œil. Si ça ne te plaît pas, tu n'as qu'à reposer le livre au rayon nouveautés en sortant.

Paige daigne lire le premier paragraphe :

« Il existe deux types de personnes sur terre : celles qui croient à l'amour, et les autres. Moi j'y crois. »

Elle referme le livre. En effet, ça ne lui plaît pas. Primo, parce que Paige se place dans la catégorie des « non-croyants ».

Elle se traîne jusqu'au rayon nouveautés pour le reposer (l'ancienne bibliothécaire n'aurait jamais eu une exigence aussi présomptueuse). Le nom de l'auteur commence par un R, et un espace vide à portée de main attend justement le retour des *Immortels* sur l'étagère.

Paige est sur le point de retirer sa main quand elle sent que quelqu'un l'observe. Elle reste immobile quelques secondes pour savourer ce regard posé sur elle. Puis, lentement, elle finit par se retourner.

Elle n'a absolument jamais vu ce garçon (et il n'a jamais dû la voir non plus d'ailleurs). Il a les cheveux châtains et des yeux d'une couleur atypique : violet foncé, mouchetés d'argent et de gris au centre. Vu sa tête, il semble qu'il ne serait pas contre une bonne nuit de sommeil. Sa veste est noire et légèrement lustrée, un peu comme le livre que Paige vient de reposer sur l'étagère. Il a un côté démodé, mais elle ne saurait pas vraiment dire pourquoi. Et, soit dit en passant, il est très mignon ; c'en est même gênant.

— Mauvais livre ? demande-t-il.

— Quelqu'un pensait que ça me plairait, mais ce n'est pas trop mon genre de lecture, dit-elle. Je préfère les vieux livres. Les classiques, disons.

— Dommage, j'espérais un conseil.

— *Les Hauts de Hurlevent,* suggère alors Paige.

— Déjà lu.

— *Le Tambour* ?

Oui, il l'a lu aussi. Elle cite plusieurs titres, mais il les a tous lus.

— À moins qu'il ne s'agisse d'une nouveauté, finit-il par lâcher, je l'ai sûrement lu. Je les ai *tous* lus.

C'est un menteur.

Ou bien un vantard.

Les deux sans doute. Mais un garçon qui se donne la peine de revendiquer (ou de s'inventer) une culture éveille sa curiosité.

— Tu es nouveau ? lui demande Paige.

Le garçon sourit, mais ce n'est pas de joie.

— On peut dire ça comme ça. Ça doit être mon millionième lycée.

La sonnerie des cours retentit, mais il ne la quitte pas des yeux.

— Dommage que tu n'aimes pas les nouveautés, Paige. Je croyais avoir trouvé quelqu'un à qui parler ici.

Il la regarde droit dans les yeux et, pour la première fois de sa vie, Paige a le sentiment d'être perçue telle qu'elle est vraiment.

— Parfois, on se sent un peu seul quand on est le nouveau du lycée.

Il prononce ces derniers mots très vite, comme s'il préférait se taire, mais sans pouvoir s'en empêcher.

Puis il se volatilise.

Ce n'est que bien longtemps après, lorsqu'elle repassera cette conversation dans sa tête pour la énième fois, que Paige se demandera comment il pouvait connaître son prénom sans le lui avoir demandé. Mais, pour l'heure, elle se dit surtout : *parfois, on n'a pas besoin d'être nouveau pour se sentir seul.* Elle attrape un stylo dans sa poche pour écrire sur la paume de sa main : « Tout le monde est seul. » Pour Paige, c'est une révélation. Elle croyait être un cas à part, et elle s'était toujours employée à dissimuler sa solitude comme on cacherait une cicatrice particulièrement hideuse.

Elle reprend *Les Immortels* sur l'étagère pour relire le premier paragraphe :

« Il existe deux types de personnes sur terre : celles qui croient à l'amour, et les autres. Moi j'y crois. »

Bizarrement, la phrase lui paraît différente. Mieux cette fois. Belle, même.

TROIS

Le soir venu, elle essaie d'étudier au lit mais n'arrive pas à se concentrer.

Elle attrape le livre emprunté à la bibliothèque. Ce n'est pas la solution : il lui rappelle trop les étranges yeux violets.

Penser à lui ou à n'importe qui d'autre ne lui plaît pas vraiment. Une fois qu'on les connaît mieux, la plupart des gens sont souvent décevants. Et Paige en a connu, des déceptions.

Il ne s'est pas passé grand-chose entre eux, elle le sait ; rien d'important en tout cas.

Pourtant...

Elle repousse le livre.

Elle se regarde dans le miroir en se demandant si elle a changé par rapport à ce matin.

Son père frappe à la porte : sa mère est en ligne et elle aimerait lui parler.

— Je suis en train de lire, répond-elle. Je la rappellerai.

Changé ou non, Paige sera différente, c'est décidé. À partir de maintenant, elle se fera une raie à gauche.

Quatre

Puisqu'elle est différente, Paige n'agit pas comme à son habitude dans ce genre de situation.

Elle ne retourne pas à la bibliothèque pour essayer de le trouver.

Elle décide de prendre son temps. C'est comme quand on lit un excellent bouquin : les bons, on les dévore ; mais, les chefs-d'œuvre, on les lit lentement, pour retarder au maximum l'instant où l'on atteindra la dernière page, la dernière phrase, le dernier mot. Elle pense, non elle est sûre, qu'elle le recroisera. Ou que lui la verra. Il faut juste qu'elle soit patiente.

Elle ne questionne pas non plus ses copines au sujet du « nouveau ». Si elle parle de lui, les autres essaieront de le retrouver et il ne sera plus à elle. Elle n'a pas envie de partager. Elle veut qu'il soit son secret.

C'est merveilleux d'avoir un secret.

Au déjeuner, Polly (celle qu'elle appelle sa meilleure amie) lui dit que quelque chose a changé chez elle.

« C'est ses cheveux, dit une autre. Elle a fait sa raie à gauche. »

Oui, c'est vraiment bien d'avoir un secret.

Cinq

Elle réussit à tenir trois jours de plus avant de retourner à la bibliothèque.

Mlle Penn lui tend un prospectus lorsqu'elle passe devant le guichet des emprunts.

— J'ouvre un club de lecture cent pour cent filles, dit-elle. Ramène des copines, d'accord, Paige ?

Paige acquiesce. Elle demanderait bien à Mlle Penn si elle a vu le garçon, mais elle se rappelle alors qu'elle ne connaît même pas son prénom.

— Le premier débat portera sur le livre dont je t'ai parlé l'autre jour, *Les Immortels*. Je me suis dit que ce serait sympa de commencer par une nouveauté. Bon, je sais que la fantasy n'est pas ton truc, mais tu sais, Paige, je l'ai lu d'une traite, en un week-end. J'ai même essayé de lire en conduisant ! Je te le dis, c'est vraiment bien. Et tu vas adorer le personnage masculin…

— Il faut vraiment que j'y aille, Mademoiselle Penn.

— Ah, O.K. Tu veux bien prendre quelques prospectus pour les distribuer ?

Paige fourre les papiers dans son sac et s'éloigne vers le rayon nouveautés. Tout à coup, elle angoisse. Et s'il n'était pas là ? Ou pire : s'il était là mais qu'il ne se souvienne pas d'elle ? Si c'était le cas, elle préférerait presque ne jamais le revoir. Mais d'abord, qu'est-ce qui lui fait croire qu'il va revenir ici ? Pourquoi est-ce qu'elle a attendu trois jours en lui laissant tout ce temps pour disparaître ? Elle aurait mieux fait de lui donner son numéro dès le début, oui.

Hormis les rangées de livres, le rayon est désert quand elle y arrive. Elle s'accroupit et fait semblant d'examiner la tranche d'un roman sur l'étagère du bas. En réalité, elle est en train de pleurer.

Tu es stupide.

Tu ne connais même pas son prénom !

Soudain, une main se pose sur son épaule.

— J'ai failli perdre espoir, dit-il. Je suis venu ici tous les jours depuis notre rencontre.

Elle se retourne. Il est peut-être encore plus beau que dans son souvenir. Paige se mord la lèvre pour s'empêcher de glousser : il a vraiment une dégaine ridicule, comme s'il sortait tout droit d'un livre d'histoire.

Il lui offre sa main pour l'aider à se relever.

— Je m'appelle Aaron.

Ils discutent pendant toute l'heure du déjeuner. Au début, ça tourne uniquement autour des livres, mais la conversation s'étend peu à peu à d'autres sujets. Elle se retrouve à lui raconter des choses qu'elle n'a jamais dites à personne. Elle lui parle même de sa mère.

— Elle a quitté mon père l'année dernière. Elle a dit qu'elle était tombée amoureuse d'un autre homme, mais je n'y crois pas. Je pense plutôt qu'elle n'aimait plus mon père. D'ailleurs, ça m'a un peu perturbée sur le plan des relations.

Il rit doucement.

— Tout le monde est perturbé.

— Toi aussi ?

— Oui, plutôt. Si tu veux tout savoir, je me suis juré de ne plus jamais tomber amoureux.

Elle aimerait bien connaître son histoire.

Et savoir ce qu'il fiche avec elle.

Mais elle n'a même pas besoin de lui poser la question...

— Je suis là parce que tu es la seule personne intéressante dans cet endroit de malheur, dit-il. Parce qu'en dépit de tout, j'y crois encore.

Il ne précise pas *à quoi* il croit encore, et elle ne le lui demande pas.

Comme la sonnerie retentit, Paige se lève instinctivement (bon petit soldat jusqu'au bout des ongles, cette petite).

— Je parie que, si on ne fait aucun bruit, personne ne nous verra, dit-il.

C'est vrai. Personne ne m'a jamais remarquée.

Il lit dans ses pensées.

— Ils n'étaient pas assez attentifs, c'est tout.

— Je suis si facile à percer ? demande-t-elle, un peu embarrassée.

— Oui, mais parce que je fais vraiment attention.

La deuxième sonnerie retentit, mais cette fois Paige ne bouge pas.

— Je suis contente que tu sois venu, dit-elle.

— Moi aussi.

Il prend sa main. La phrase qu'elle avait écrite sur sa paume s'est pratiquement effacée.

Ils se cachent dans la bibliothèque pour le reste de la journée, bien que Paige ne soit pas du tout du genre à sécher les cours. Mlle Penn ne s'aperçoit pas de leur présence ou, du moins, Mlle Penn fait semblant. Car, voyez-vous, Mlle Penn aime bien Paige. Elle l'aime bien parce qu'elle a été comme elle. Elle aussi se faisait une raie au milieu.

Sans vraiment savoir comment, ils se retrouvent chez elle après l'école.

Dans sa chambre.

Le premier geste d'Aaron est d'aller examiner tous les titres de livres sur l'étagère.

— Tu es une grande lectrice, dit-il, satisfait.

Paige rougit. La lecture ne lui a jamais rien apporté dans la vie, excepté peut-être du plaisir. Mais jamais un petit ami, ça non.

— Parfois je préfère les livres aux gens, avoue-t-elle.

— Moi aussi.

Lorsque son père rentre du bureau, Paige demande à Aaron s'il aimerait faire sa connaissance.

Aaron secoue la tête.

— Une autre fois. Je n'ai pas trop l'esprit de famille. Que ce soit avec la mienne ou avec celle des autres.

Sur ce, il s'éclipse par la fenêtre en lui faisant un clin d'œil... à défaut de ce que Paige espérait.

Six

Tout n'est pas parfait.
D'abord, il y a des choses dont il ne parle pas.
Sa famille.
Son passé.
Pourquoi il a quitté les autres lycées.
Les autres endroits où il a vécu.
Les autres filles qu'il a aimées.
Et puis, il y a tous ces détails sur lui qui ne collent pas.
Il a dix-sept ans, il est en terminale, il lit beaucoup, mais il ne projette pas d'aller en fac.
Il ne mange jamais.
Il ne va pas en cours la majeure partie du temps.
Elle n'est jamais allée chez lui.
Et bien sûr, elle n'a jamais rencontré personne de sa famille.
Mais chacun ses problèmes.
Personne n'est parfait.
En tout cas, une chose est sûre : Aaron est beau, et avec lui Paige se sent belle. Quand elle parle, il l'écoute. Quand il la regarde, il la voit. Et…
Paige est en cours de sciences lorsque quelqu'un lui tape doucement sur l'épaule.
— Ça fait des lustres qu'on ne t'a pas vue au déjeuner,

dit April, une des copines de pause-déjeuner de Paige. Comment ça se fait ?

— J'étais à la bibliothèque. Je donne un coup de main pour le lancement du club de lecture, ment Paige.

Pourquoi elle a menti, elle n'en sait rien. Elle l'a fait sans réfléchir. Elle attrape un des prospectus tout froissés qui encombrent son sac depuis deux semaines (Seulement deux semaines qu'elle a rencontré Aaron ? Elle a pourtant l'impression de le connaître depuis toujours) et le donne à April.

— Super, répond April sans même le lire. Mlle Penn m'en a déjà donné un. En fait, je voulais te parler d'un truc. Tu te rappelles que le bal de fin d'année a lieu le mois prochain ?

Paige avait oublié. Ces derniers temps, elle avait la tête ailleurs, évidemment.

— Euh, oui.

— Mon frère voudrait savoir si tu veux bien être sa cavalière ?

Le frère d'April est – à défaut d'un mot plus approprié – un minable. Un, il est dans la classe au-dessous. Deux, il a quelques kilos en trop. Et trois, il est à fond dans les jeux de rôle. Paige a dans l'idée qu'il voudra faire une partie pendant la fête. Rien que d'y penser, ça la fait rire.

— Pourquoi tu ris ? s'étonne April. Ce n'est vraiment pas sympa.

Paige ne veut pas être méchante.

— Excuse-moi, je pensais à autre chose… Je te jure. Un truc drôle qui m'est arrivé ce matin.

— Quoi ?

April la fixe avec dureté.

— Une blague. Un truc… C'était…

Paige ne trouve rien de drôle à raconter hormis des

blagues sur les jeux de rôle, donc elle revient au sujet de départ.

— Écoute, je ne me moque pas de ton frère. Seulement, s'il veut que je vienne au bal avec lui, pourquoi est-ce qu'il ne m'invite pas lui-même ?

Le regard d'April s'adoucit. Pour l'instant, Paige l'a apaisée.

— Il est timide, tu le connais ! Alors, tu iras avec lui, oui ou non ?

— C'est que... j'ai plus ou moins quelqu'un en ce moment.

— Tu n'en as jamais parlé, s'étonne froidement April.

— C'est récent.

— Et il compte t'emmener à la fête, lui ?

— On n'en a pas encore discuté, avoue Paige.

— Alors c'est que ce n'est pas si sérieux.

Paige ne répond pas. Elle sait ce qu'il y a entre Aaron et elle, et elle se fiche de ce que les autres pensent.

— N'en parle à personne, d'accord ? dit April. De toute façon, ce n'est pas toi que mon frère avait choisie en premier. C'est moi qui lui ai demandé de t'inviter. Je croyais que tu accepterais.

Bien que Paige tienne parole et ne parle à personne de l'épisode embarrassant au sujet du frère d'April *(comme si elle allait s'en vanter !)*, April raconte à tout le monde que Paige sort avec quelqu'un. Le soir même, elle reçoit un coup de fil de Polly, la « meilleure amie ».

— Quand est-ce que tu nous le présentes ?

— C'est récent, répète Paige. On n'en est pas encore là.

Paige promet que, le moment voulu, la meilleure amie sera la première à le rencontrer.

— Donne-moi juste un détail pour me faire patienter ? insiste Polly. Son prénom, au moins ?

— Aaron, dit Paige d'une voix rauque.

— Il est au lycée ?

Paige explique qu'elle n'est pas prête à parler de lui.

— Il faut que tu l'invites au bal de fin d'année, Paige ! On irait tous ensemble : moi et Luke, et toi et Aaron !

Paige déteste ne serait-ce qu'entendre la fille prononcer son nom.

— Ce n'est pas son truc, dit-elle. Il n'est pas comme les autres garçons.

— Eh bé ! Ça a l'air sérieux.

Paige reconnaît que oui. En quelque sorte.

Même si elle sait qu'elle ne devrait pas, Paige aborde le sujet du bal avec lui ce soir-là dans sa chambre.

— Je sais, c'est un peu nase, mais est-ce que tu aurais envie d'y aller ?

Non. Il répond qu'il est déjà allé à des centaines de fêtes.

— Ah...

Paige tente de masquer sa déception en lisant des titres sur son étagère : *Les Hauts de Hurlevent, Jane Eyre, Frankenstein*...

— On n'a pas besoin d'aller à ce bal, Paige. Tu sais ce que tu représentes pour moi ?

Justement, non. Paige ne le sait pas. Mais elle aimerait beaucoup qu'on la voie au bras d'un garçon aussi mignon qu'Aaron. Disons juste qu'elle a eu plus que sa part de bals avec les frères des autres et consorts.

— Écoute, Paige, je veux passer du temps avec toi, dit-il, mais je ne peux pas faire ce que font les petits amis en général.

C'est la première fois qu'il parle de lui en ces termes : son petit ami. Paige aurait aimé que la scène se passe à une autre époque, comme dans les romans qu'elle prétend ne pas lire.

— Tu comprends ? demande-t-il.

Paige fait mine que oui, mais ce n'est pas tout à fait vrai.

— Est-ce que tu as... une autre *copine* ?

Elle bute un peu sur ce dernier mot, sur sa délicieuse nouveauté.

Aaron soupire. Il lui prend la main en s'approchant.

— Bien sûr que non.

Elle se dégage.

— Je ne sais pas grand-chose de toi, tu ne me dis jamais rien.

— Pourtant j'aimerais... mais je ne peux pas. Ça pourrait blesser d'autres personnes.

— Ta famille ?

Il hoche la tête.

— Si je te raconte tout et que tu en parles à quelqu'un, je serai obligé de partir. Ça me tuera, mais je partirai. Et je n'aurai peut-être pas le temps de te dire au revoir.

— Tu peux me faire confiance, dit-elle.

— Je n'aime vraiment pas en parler...

— Alors ne te force pas. Mais sache que tu peux te fier à moi.

Il la regarde en hochant lentement la tête.

— Oui, je le sens.

Le père de Paige l'appelle en bas de l'escalier :

— À table !

— Je dois y aller, dit Aaron.

Paige ignore si ça signifie pour toujours ou juste pour quelques heures. Elle lui prend les mains. Elles sont sèches, presque parcheminées.

— Promets-moi que tu reviendras. J'ai tellement envie de connaître ton histoire. Je veux tout savoir de toi.

— J'essaierai.

Il sort discrètement par la fenêtre.

— À table ! répète le père de Paige.

— J'arrive !

Paige descend dans la cuisine. Au menu, c'est gratin de macaronis, ce qui signifie qu'on est mardi. Le père de Paige a un plat pour chaque jour de la semaine, du lundi au samedi ; le dimanche, il commande une pizza.

— Ça fait dix minutes que je t'appelle. Tu ne m'as pas entendu ? demande-t-il.

— Je devais être en train de lire, répond Paige d'un air absent.

— Eh bien ! Ça doit être un sacré bouquin que tu lis, commente son père.

Dès qu'elle a fini de dîner, Paige remonte à toute vitesse dans sa chambre, mais Aaron n'est pas là. Elle s'occupe comme elle peut pendant des heures, en faisant les devoirs qu'elle a négligés par exemple, mais il n'arrive toujours pas. Alors, elle finit par éteindre la lumière et s'endormir.

Elle dort toujours lorsqu'elle réalise qu'on chuchote à son oreille.

Elle tend la main pour allumer sa lampe de chevet.

— Non, dit Aaron. Certaines histoires sont plus faciles à raconter dans le noir.

Quand il avait dix-sept ans, sa ville a été le théâtre d'une épidémie de tuberculose. Son père a été le premier touché et, moins de six semaines plus tard, le premier mort.

Malgré elle, Paige s'étonne : *on meurt encore de la tuberculose de nos jours ?*

Toute sa famille – Aaron, sa sœur et sa mère – en a été victime.

— Franchement, c'est dur à décrire, dit Aaron. C'était horrible. Voir un être cher mourir lentement et savoir que tu seras le prochain, il n'y a pas de mots...

Sa sœur est morte environ une semaine après son père.

Sa mère et lui savaient qu'il ne leur restait plus beaucoup de temps.

— Quand on est en train de mourir, tout est étrangement calme, dit-il. C'est comme si tu étais dans une pièce entièrement vitrée et que les murs devenaient de plus en plus épais.

Paige cherche sa main à tâtons ; elle a envie de le prendre dans ses bras, de le réconforter. Mais, entre sa somnolence et la pénombre, elle ne la trouve pas.

Désespérée, sa mère est allée consulter une Gitane en ville.

Une Gitane ? Mais où est-ce qu'ils vivaient ? Dans l'Europe du Moyen Âge ?

— Une Gitane ? s'étonne doucement Paige.

— Ma mère a fait de son mieux. C'était une autre ville, une autre époque.

La Gitane lui a donné un bocal bleu paon en forme d'encrier. Elle a affirmé que c'était un élixir issu d'une source au Mexique et que ça les guérirait. Est-ce qu'ils avaient le choix ? Ils ont fait le signe de croix et ils ont bu à grands traits.

— Nos poumons se sont purifiés instantanément, dit Aaron. Et les murs en verre ont volé en éclats.

Cependant, l'élixir ne les a pas uniquement guéris.

Ils ont vécu dans une cinquantaine de villes. Sa mère s'est mariée douze fois. Elle prend un nouveau mari dès que le précédent commence à avoir des soupçons. Aaron a eu plusieurs petites amies.

— Beaucoup, ajoute-t-il, ce qui irrite Paige.

Aaron a connu bien des filles, mais elles ont toutes fini par se détacher de lui. Il est né en 1872. Il aura dix-sept ans toute sa vie.

Paige lui dit qu'elle ne croit pas à ces histoires imaginaires, que s'il ne veut pas venir au bal avec elle il suffit de le lui dire.

— Je ne te mentirai jamais, Paige.

Maintenant, c'est lui qui cherche sa main. Les yeux de Paige s'habituent peu à peu au clair de lune. Il l'aide à sortir de son lit et l'attire à côté de lui devant le miroir de la chambre.

— Tu vois ?

Elle secoue la tête. Elle ignore ce qu'elle est censée voir, sans compter qu'elle ne l'a pas quitté des yeux.

— Regarde dans le miroir. Je n'ai pas de reflet. Je ne suis pas là.

Elle s'exécute. Son regard oscille entre la glace et lui. Elle passe la main devant son visage ; le miroir lui renvoie l'image de sa main, mais pas celle du visage d'Aaron. Ça l'effraie : on dirait qu'elle est seule. Et, sa solitude, Paige essaie de ne jamais la regarder en face.

— Comment ça se fait ? demande-t-elle.

— Je ne sais pas. C'est comme ça !

Il tente de tourner la chose en dérision.

— Ça complique un peu la vie pour se préparer le matin, mais je fais de mon mieux.

Il sort alors un couteau suisse de sa poche.

— Qu'est-ce que tu fais avec ce couteau ? gémit Paige d'une voix cassée.

Sa gorge se serre toujours quand elle panique.

Aaron ouvre le couteau d'un geste sec, approche la lame de son bras et s'entaille la chair avec la pointe. L'espace d'une seconde, Paige reste tétanisée.

Il grave un J sur son bras.

— Arrête ! crie-t-elle en retrouvant sa voix. Ne fais pas ça ! Je te crois ! Tu n'as rien à me prouver !

Elle essaie de l'arrêter, au cas où le J serait le début d'un mot comme « jalousie » ou « jamais », mais il la retient.

— Pourquoi est-ce que tu t'infliges ça ? pleurniche Paige.

Aussitôt, l'entaille commence à cicatriser sous ses yeux. Elle passe les doigts sur son bras froid et immaculé, puis elle pose les lèvres dessus.

— Je veux que tu ailles à ce bal, mais je ne pourrai pas t'accompagner, dit-il. J'en ai fait trop souvent.

Mais pas avec moi.

— Tu es différente, dit-il. Les bals, eux, sont toujours les mêmes.

Elle hoche la tête, heureuse qu'il ait eu envie de se confier à elle.

— Je t'aime vraiment, Paige.

— Je t'aime aussi.

Ils s'allongent sur son lit et elle finit par se rendormir. Au matin, lorsqu'elle se réveille, il n'est plus là. Si elle n'était pas si fatiguée, elle penserait sûrement que cette nuit n'était qu'un rêve.

Paige envisage de ne pas aller au bal, mais Aaron la persuade du contraire.

— Un bal de fin d'année, c'est un moment unique de la vie, dit-il.

— Pas pour toi, souligne-t-elle. Ni moi d'ailleurs. Il y en a tous les ans, tu sais.

Il rit doucement.

— Vas-y, dit-il. Je ne veux pas que tu le loupes à cause de moi.

À vrai dire, elle a surtout envie de le louper *pour* lui, mais ça, elle ne peut pas le lui avouer. Elle aurait l'air pathétique. Et elle ne veut pas.

— Rien ne t'empêche de venir, insiste-t-elle.

Aaron secoue simplement la tête.

Le père de Paige frappe à la porte pendant qu'elle se prépare.

— Entre !

Aaron se cache dans sa penderie (Paige n'est pas censée recevoir des garçons dans sa chambre).

— Tu es ravissante, dit son père. Qui est l'heureux élu ?

— Personne, répond-elle en se levant de la coiffeuse. Le cavalier que j'avais choisi ne peut pas venir et je n'en veux pas d'autre.

Elle lance un clin d'œil à Aaron dans le miroir. Elle ne le voit pas, mais elle sait que lui, si.

Le bal est un bal comme les autres, autrement dit semblable à tous ceux auxquels Paige est allée : plus amusant en théorie qu'en pratique. Paige a mal aux pieds à cause de ses chaussures, et en fin de compte elle regrette de ne pas être restée chez elle dans les bras d'Aaron.

Vers la fin de la soirée, elle croise April.

— Où est passé ton cavalier ?

— Il n'a pas pu venir.

— Tu aurais mieux fait de choisir mon frère.

Paige plisse les yeux. Elle a conscience qu'elle ferait mieux de ne pas répondre, mais elle ne peut pas se retenir :

— Honnêtement, April, je ne serais jamais allée au bal avec ton frère. Alors arrête de nous mettre tous les deux mal à l'aise avec ça.

Plus tard, lorsque Paige arrive chez elle, Aaron l'attend dans sa chambre. En smoking. Il est si beau qu'elle en pleurerait.

— J'ai pensé qu'on pourrait faire notre bal ici, dit-il.

Il l'embrasse et la serre contre lui. Paige tremble de tout son être.

— Parfois, j'ai du mal à croire que tu existes et que tu es à moi, Aaron.

— Je ressens la même chose.

— Je suis sérieuse. Tu es si parfait !

Aaron secoue la tête.

— Pas tant que ça, crois-moi.

Paige jette un œil par-dessus l'épaule d'Aaron dans le miroir de la chambre, pour regarder le reflet du garçon qui devrait être sien.

Le spectacle la perturbe. Car, bien entendu, le miroir ne renvoie aucune image, à l'exception des bras de Paige étreignant le vide.

SEPT

— April pense que tu n'as pas vraiment de copain, rapporte Polly à Paige le lundi suivant.

Comme Aaron est absent aujourd'hui, Paige raccompagne son amie chez elle en voiture.

Elle éclate de rire.

— April est juste vexée que je ne sois pas allée au bal avec son débile de frère !

Polly se met à rire aussi.

— Mais sans blague, Paige, tu nous caches tout depuis le début. Pourquoi est-ce que tu fais autant de mystères à propos de ce garçon ?

— C'est comme ça.

Polly secoue la tête.

— Ma sœur aînée a eu un copain de ce genre à une époque.

— Quel genre ?

— Le genre qui ne voulait pas rencontrer ses amis ou sortir avec elle en public, par exemple. À la longue, ça l'a blessée.

— Aaron n'est pas comme ça.

— Le petit ami de ma sœur ne l'était pas non plus au début !

— Écoute, Polly, tu ne sais pas de quoi tu parles, O.K. ?

— Explique-moi, alors ! Franchement, je me fais du souci pour toi.

C'est étrange, mais Paige se sent flattée par l'inquiétude de Polly. Ça fait des années qu'on ne s'est pas autant intéressé à elle. Et elle meurt d'envie de parler d'Aaron à quelqu'un. Alors, après avoir fait jurer à Polly de garder le secret, elle lui raconte tout.

Polly reste silencieuse un moment, puis elle réagit de façon horrible : elle éclate de rire.

— Ma pauvre Paige, je pense qu'il se moque de toi !

— Qu'est-ce qui te fait croire ça ?

— Mais enfin, réfléchis ! Une Gitane ? Franchement, on se croirait dans un livre ! À mon avis, il te raconte des histoires. Si ça se trouve, il dit ça à toutes les filles qu'il rencontre. C'est juste un...

— LA FERME ! Tu ne sais rien de lui ! Tu es juste jalouse de mon bonheur !

— Paige, ne le prends pas mal...

Paige freine brusquement, assez loin de chez Polly.

— Descends !

Et elle plante là son amie. En se garant dans l'allée de sa maison, Paige a les mains qui tremblent et le souffle coupé. Elle a besoin de sentir la présence d'Aaron, de le toucher, de savoir qu'il existe.

En entrant chez elle, elle découvre qu'il l'attend dans sa chambre. Il est entré par la fenêtre.

— Qu'est-ce que tu as ? s'inquiète-t-il.

— Je me disputée avec une amie.

— J'en suis désolé, dit-il en lui caressant les cheveux.

— Pourquoi est-ce que tu n'étais pas au lycée aujourd'hui ?

— Ma mère est malade.

— Je croyais que votre espèce ne pouvait pas tomber malade ?

— Physiquement, oui, soupire-t-il d'un air épuisé. Moralement, par contre...

— J'aimerais pouvoir t'aider, dit Paige.

— C'est ce que tu fais.

Paige plonge son regard dans ses yeux violet-gris. Tant pis s'il lui ment. Cette histoire est un merveilleux mensonge.

Pendant la nuit, Paige fait un cauchemar. Elle se trouve à la bibliothèque du lycée, au milieu du rayon nouveautés, quand, à l'autre bout de la salle, elle voit quelqu'un embrasser Aaron : Mlle Penn ! Puis Polly l'embrasse à son tour. April enlève son tee-shirt. Et toutes les filles avec qui elle déjeune le midi se mettent à le toucher. Même la propre mère de Paige : si dégoûtant que ça puisse paraître, elle embrasse Aaron. Paige crie son nom, mais Aaron n'a pas l'air de l'entendre. Il tourne finalement la tête pour voir qui l'appelle, et c'est là que Paige se rend compte que ce n'est pas du tout lui. Ce n'est qu'un vulgaire découpage en papier glacé. Une représentation plate et brillante d'Aaron : une poupée en carton grandeur nature.

Huit

Le lendemain au lycée, partout où elle va, Paige a vaguement l'impression d'entendre les autres (surtout les filles) parler d'Aaron en la dévisageant. Elle n'entend que des bribes de phrases par-ci par-là, mais ce sont des mots comme : nouveau garçon… bibliothèque… Aaron… immortel… page…

C'est à peine si Paige parvient à respirer, à marcher ou même à parler. Elle est certaine que Polly a tout raconté : leur histoire, son secret. Tout le monde sait. Mais elle ne veut pas envisager le sens de tout ça.

Elle se dirige vers leur point de rendez-vous habituel dans la bibliothèque. Aaron n'est pas là, mais Mlle Penn, si.

— N'oublie pas le club de lecture demain. Je sais de source sûre qu'il y aura beaucoup de monde, mais tu as encore le temps de terminer *Les Immor…*

— Je n'en ai rien à faire de votre club débile !

— Paige, qu'est-ce qui ne va pas ?

Paige passe à côté de Mlle Penn en la bousculant et quitte la bibliothèque en courant.

Elle sort de l'enceinte du lycée et remonte dans sa voiture pour rentrer chez elle. Pourvu qu'il l'attende dans sa chambre. Mais Aaron n'est pas là.

Paige tombe à genoux et se met à prier.

— Je vous en prie, mon Dieu, laissez-moi le voir... Je vous en prie... mon Dieu... Je veux juste le voir...

Elle sait qu'elle ne le mérite pas (d'ailleurs, est-ce qu'elle méritait même de le rencontrer ?), mais elle veut au moins s'excuser.

Neuf

Paige n'a pas dormi de la nuit. Elle ne devrait pas aller en cours, mais elle y va quand même, au cas où il serait là-bas.

À l'heure du déjeuner, elle part à sa recherche à la bibliothèque. D'habitude, l'endroit est bruyant et plein de monde.

J'avais oublié. Le club merdique de Mlle Penn.

Elle aperçoit Polly, April et toutes les filles avec qui elle déjeunait avant. Pendant un moment, elle en oublie Aaron, à les voir toutes assises. Le spectacle de leurs stupides livres noirs posés sur leurs genoux maigrichons fait naître en elle un sentiment de violence. Leur présence dans la bibliothèque la révolte. Quelle bande d'hypocrites ! Elles n'ont jamais rien lu de leur vie en dehors des livres qui sont au programme ! Elles n'ont rien à faire à la bibliothèque, *moi si.* L'attitude de cette garce de Penn avec ses pulls moulants d'allumeuse la rend dingue.

Mlle Penn fait signe à Paige d'approcher, comme si elle ne lui en voulait pas pour l'incident de la veille.

— Paige ! Je suis si contente que tu sois là...

Paige rétorque qu'elle n'est pas venue pour le club de lecture mais parce qu'elle a rendez-vous.

— Désolée, j'essaierai de revenir avant la fin, dit-elle.

Du coin de l'œil, elle voit April chuchoter à l'oreille de Polly. Pas besoin d'entendre pour deviner qu'elles sont en train de parler d'Aaron et d'elle.

Paige s'éloigne vers le rayon nouveautés. Il est désert, autant qu'il l'était la veille.

Elle pose la main sur l'étagère, à l'endroit où elle avait reposé *Les Immortels* le jour de leur première rencontre. Contre tout bon sens, elle s'imagine que, si elle répète les gestes qu'elle a faits ce jour-là, Aaron apparaîtra peut-être. Mais ça ne marche pas. De toute façon, qu'elle le veuille ou non, les exemplaires du livre en question ont été enlevés.

Paige s'effondre par terre en posant la tête sur les genoux.

Dans la salle, il n'y a pas un bruit, sauf celui du club de lecture de Mlle Penn, évidemment.

Paige aimerait tellement qu'elles s'en aillent.

Elle essaie de les ignorer, mais c'est impossible. Elles sont carrément bruyantes.

« Moi je trouve que, le plus triste, c'est quand il raconte la maladie de son père », entend Paige.

« Non, le pire c'est quand il doit partir parce que tout le monde a découvert son secret », intervient une autre voix.

« Non, c'est surtout quand elle se retrouve toute seule, après son départ... »

« Oui mais vous ne trouvez pas qu'au fond cette fille était un peu minable ? Pourquoi l'avoir choisie au départ ? C'est vrai, après tout, personne ne fait jamais attention à elle. »

« Justement... »

Paige peut à peine respirer ; son cœur s'emballe ; elle a l'impression qu'il va exploser. Ou s'arrêter de battre. Ces filles ont un sacré culot : elles ne parlent même pas du livre ! Elles ne font que répandre des ragots sur elle !

Paige se relève et retourne en courant à la table où le club s'est réuni.

Mlle Penn l'aperçoit avant même qu'elle n'arrive.

— Paige, joins-toi à nous !

— ARRÊTEZ DE PARLER DE MOI ! hurle-t-elle.

Quelques filles se mettent à pouffer.

Mlle Penn s'éclaircit la voix, puis se lève.

— Personne ne parle de toi, Paige.

— SI ! Je vous ai entendues ! Vous croyez que je suis sourde ?

La bibliothécaire s'approche d'elle.

— Je t'assure, Paige. Nous discutions simplement du livre.

Elle lui montre un exemplaire des *Immortels*.

— Nous parlions des mérites d'Aaron, le personnage principal.

Paige jette un œil au cercle de filles ; toutes la fixent.

Finalement, Polly intervient :

— Je pense que Paige a compris de travers parce que son petit ami s'appelle aussi Aaron.

— Ah !

Mlle Penn éclate de rire, l'air soulagé.

— Je comprends mieux ! Mais je ne crois pas que ton Aaron ait les yeux violet-gris et cent cinquante ans dans un corps de dix-sept ans, pas vrai, Paige ?

Les filles se mettent à ricaner.

— Ça suffit, marmonne Paige.

Mais personne ne semble l'entendre.

— STOP ! hurle-t-elle.

Jamais personne ne l'entend.

— ARRÊTEZ DE VOUS MOQUER DE MOI !

Tout le monde se tait.

Polly parle doucement.

— Attendez, je pense que j'ai saisi. Je n'ai commencé à le lire qu'hier – désolée Mademoiselle Penn –, mais je crois que je viens de comprendre : ce garçon avec qui tu sortais,

Paige... Tu ne crois pas qu'il s'est approprié l'histoire de ce livre ?

— Non, il n'aurait jamais fait ça !

— Moi je suis sûre que si. Il a même utilisé le prénom du personnage !

— ÇA SUFFIT ! TAIS-TOI ! C'est ta faute s'il est parti !

Polly dit qu'elle ne comprend pas de quoi parle Paige.

— Menteuse ! C'est toi qui en as parlé à tout le monde ! Tu es incapable de la fermer !

— Mais Paige, dit Polly, je n'ai rien dit. Je te le jure !

Mlle Penn tient encore le livre tendu vers Paige, qui, sans réfléchir, le lui arrache des mains. La bibliothécaire bascule en arrière. Peut-être qu'elle se cogne la tête contre la chaise derrière elle, peut-être qu'elle se rattrape. Paige n'en sait rien. Elle n'attend pas de le savoir. Elle part en courant, l'exemplaire des *Immortels* serré contre elle.

Elle arrive à sa voiture. Par chance, la grille du parking est encore ouverte pour les élèves autorisés à sortir du lycée le midi.

Elle ne rentre pas chez elle. Est-ce qu'elle va avoir des problèmes ? Ça, elle l'ignore. Elle se contente de rouler et de réfléchir...

Et si Polly avait raison ? Si Aaron s'était approprié l'histoire de ce livre ?

Elle roule pendant des heures...

Finalement, elle décide de se garer sur le parking d'un cinéma de la ville voisine.

Elle attrape *Les Immortels* sur le siège passager et se met à lire.

Dix

Vous connaissez forcément cette histoire.

Elle lit le titre sur la couverture : *Les Immortels,* Annabelle Reve.

Elle ouvre le livre à la première page.

« Il existe deux sortes de personnes sur terre : celles qui croient à l'amour, et les autres. Moi, j'y crois... »

Elle tourne les pages si vite qu'elle se fait une entaille au doigt.

« ... quand on est le nouveau du lycée... »

« ... parce que tu es la seule personne intéressante dans cet endroit de malheur... »

« Ils ne faisaient pas assez attention... »

« Ce sera terrible, mais je partirai, Jane, et je n'aurai peut-être pas le temps de te dire au revoir. »

Paige ne lit même pas jusqu'au bout. Elle se sent violée. C'est comme si quelqu'un avait mis ses conversations avec Aaron sur écoute et les avait ensuite transcrites par écrit pour que tout le monde soit au courant. Pour que tout le monde les lise ! Même leurs échanges les plus intimes. Personne n'aurait pu savoir tout ça sur eux. La seule différence, c'est le prénom : dans le roman, Paige s'appelle Jane. La lecture de ce nom lui fait l'effet d'une gifle.

Elle tourne le livre pour lire le verso de la jaquette :

« Annabelle Reve vit à New York avec son fils. *Les Immortels* est son premier roman. »

Il y a aussi une photo d'elle en couleurs. Elle semble avoir une petite trentaine.

Paige la trouve jolie.

On dirait un portrait ancien.

Et puis Paige remarque les yeux de l'auteure : gris et violet, exactement comme…

Paige relit les quelques lignes de biographie. Aucun époux n'est signalé.

Juste un fils.

Quelque chose cloche et Paige a bien l'intention de trouver quoi ; pour ça, elle doit parler à cette Annabelle Reve.

Elle appelle les renseignements dans l'espoir que Mme Reve soit répertoriée ; c'est le cas. Paige obtient l'adresse par la même occasion. D'après ses calculs, elle devrait y être en quarante minutes, si ça roule bien.

Onze

Quand Paige était petite, sa mère la laissait sécher l'école pour aller voir les représentations de Broadway le mercredi matin. Tout ça pour dire que Paige est venue plusieurs fois à New York et qu'elle n'a aucun mal à localiser l'immeuble d'Annabelle Reve.

C'est un bâtiment ancien, assez beau, qui possède un impressionnant hall d'entrée et, malheureusement pour Paige, un concierge.

— Je viens voir Annabelle Reve, lui annonce Paige en s'efforçant de prendre un ton assuré.

Le concierge lui dit que Mme Reve est absente.

— Euh... Je peux peut-être l'attendre chez elle jusqu'à son retour. Je suis sa nièce, ment Paige avec une grande facilité. J'arrive de province pour voir ma tante.

— Écoute, petite, j'aimerais bien t'aider, dit l'homme sans méchanceté, mais Mme Reve ne m'a pas fait part de la visite d'une nièce. Tu peux attendre ici, mais c'est tout.

Alors Paige s'assoit sur le sofa en velours vert du hall d'entrée. Très vite, elle s'endort.

Lorsqu'elle se réveille, des yeux violet-gris familiers sont penchés sur elle.

— On m'a dit que ma nièce m'attendait dans le hall, dit Annabelle Reve. Je présume que c'est toi.

La jeune femme lui sourit et tend le bras pour serrer la main de Paige.

— Annabelle.

— Paige.

— Tu veux monter une minute ?

Paige hoche la tête et suit la femme dans l'ascenseur.

Une fois chez elle, Annabelle met une bouilloire à chauffer.

— J'ai reçu des tas de coups de fil et des e-mails, bien sûr, mais tu es la première à venir jusqu'ici, lance-t-elle depuis la cuisine. Ça ne fait qu'un mois que le roman est sorti, donc je pense que je vais devoir me mettre sur liste rouge.

Paige ne dit rien.

— C'est bien pour ça que tu es venue, n'est-ce pas ? dit la jeune femme. Pour *Les Immortels* ?

— Oui.

— Alors tu as fait tout ce chemin depuis… quelle ville déjà ?

— Depuis le New Jersey, répond Paige.

Je sais que tu sais d'où je viens. Tu sais tout de moi. Aaron t'a tout raconté depuis le début !

— Bon, ce n'est pas trop loin… Quand même, il fallait venir. Alors qu'est-ce que je peux faire pour toi ?

Paige a des milliers de questions en tête, mais elle ne réussit à en poser qu'une seule :

— Est-ce qu'Aaron est là ?

Annabelle revient de la cuisine avec un plateau de thé.

— Pardon ? Je n'ai pas entendu…

— Je veux savoir si Aaron est là.

Annabelle acquiesce en servant une tasse de thé à Paige.

— Si tu parles du personnage d'Aaron, on peut dire ça comme ça, oui : il est quelque part dans mes pensées, et j'ai écrit tout le roman dans cet appartement. Par contre, si tu fais allusion à mon fils Aaron, je ne vois pas à quoi ça peut t'avancer de le savoir, mais il est chez son père cette semaine.

— Je croyais que le père d'Aaron était mort, dit froidement Paige.

— Dans le roman, oui. Dans la réalité, on est juste divorcés. Je pensais avoir trouvé une astuce en adaptant ce détail de ma vie, mais mon ex-mari ne doit pas trop apprécier.

— Mais... tout le reste est vrai ? balbutie Paige. Aaron existe vraiment ? Parce que je le connais, vous savez ?

— Paige...

Annabelle fixe l'adolescente ; ses yeux ressemblent tant à ceux d'Aaron que Paige a envie de pleurer tellement il lui manque.

— Aaron est un personnage de roman, bien que je lui aie donné le nom d'une vraie personne : mon fils de quatre ans.

Annabelle rit doucement.

— Il va sûrement m'en vouloir plus tard !

— Vous mentez forcément, réplique Paige en se levant.

Elle se met à arpenter le salon tapissé d'étagères couvertes de livres.

— Sinon, comment sauriez-vous autant de choses sur moi ? Comment est-ce que vous avez pu écrire ce livre sur ma vie ?

La jeune femme s'approche pour lui prendre la main.

— Je suis flattée que les personnages de mon roman te parlent autant... mais je crois que tu te trompes.

— LÂCHEZ-MOI ! JE VEUX SAVOIR OÙ EST AARON ! hurle Paige. JE SAIS QU'IL EST LÀ. IL M'A PARLÉ DE VOUS ! SA FOLLE DE MÈRE QUI L'OBLIGE TOUT LE TEMPS À DÉMÉNAGER !

Paige se met à pleurer.

— Je... je sais que j'ai tout gâché, je suis nulle. Mais je l'aime. Je ne peux pas vivre sans lui. Ne m'empêchez pas de le voir, je vous en prie. Je l'aime, et je crois à l'amour.

Paige s'écroule par terre. Elle met ses bras autour de ses genoux et commence à se balancer.

— Je crois à l'amour, gémit-elle. J'y crois, j'y crois, j'y crois...

Annabelle s'excuse et s'éclipse dans sa chambre, où elle appelle le concierge avant de composer le numéro de la police.

DOUZE

Ça fait une semaine qu'elle est ici, et ils ne l'autorisent même pas à garder un stylo. Paige a vraiment l'impression qu'elle va devenir folle. Les choses qui lui arrivent n'ont pas l'air vrai tant qu'elle ne peut pas les écrire noir sur blanc. Évidemment, elle a envie d'écrire à Aaron, bien qu'elle ne soit plus censée entrer en contact avec lui, et même si, à vrai dire, elle ignore où il est.

Le médecin lui demande si elle sait pourquoi elle est là.

— C'est à cause de mes parents : ils n'aiment pas mon petit copain, alors ils essaient de nous séparer, répond Paige.

La femme hoche la tête sans un mot.

— C'est vraiment cynique, ajoute Paige. Ils sont divorcés, vous savez ?

— Oui, je crois que vous me l'avez dit.

— En fait, je les trouve tellement cruels que ça m'écœure.

— Au fond, ça a l'air triste.

— *C'est* triste. Mais je suis différente. Jamais je ne serai comme eux !

Elle baisse la voix.

— Je suis ici parce que vous me croyez folle. Mais, quand on tombe amoureux, on devient tous un peu fous, non ? Donc je suis normale. Par contre, vous savez ce qui est complètement dingue ?

— Non ?

— Ne pas aimer du tout. *Ça,* ce n'est pas normal.

La doctoresse hoche la tête, mais difficile de dire si elle est d'accord ou non.

— Je voudrais te montrer quelque chose, dit-elle en attrapant un exemplaire des *Immortels* sur son bureau.

Lorsque Paige l'aperçoit, elle se met à pianoter sur la table.

— Est-ce que ce livre te rend nerveuse ?

Paige reste silencieuse.

— Tu prétends que la romancière Annabelle Reve s'est approprié ton histoire et les détails de ta relation avec son fils Aaron pour en faire un roman ?

L'adolescente acquiesce.

— Et si je te disais qu'Annabelle Reve a écrit ce livre bien avant que tu ne fasses la connaissance d'Aaron ? Est-ce que ça changerait quelque chose pour toi ?

Paige ne répond pas.

— La bibliothécaire de ton lycée t'a vue lire ce livre, tu sais ?

— Cette femme est une traînée, réplique Paige. Vous devriez voir comment elle s'habille.

— Donc elle ment, elle aussi ? Tu n'as pas lu ce livre ?

Toujours pas de réponse.

— Est-ce que tu as déjà entendu parler du rasoir d'Occam ?

— Oui, dit Paige. On l'a étudié en cours de sciences. C'est la théorie selon laquelle la solution la plus simple est souvent la bonne.

— En effet. Alors dis-moi ce qui te semble le plus probable : Annabelle Reve a volé ton histoire et cache ton petit copain immortel que personne – ni tes parents ni tes amies – n'a jamais vu ? Ou bien tu as lu un roman d'Annabelle Reve et tu t'es tellement identifiée à l'histoire qu'en quelque sorte tu crois que c'est la tienne ?

— Je sais ce que je dis, rétorque Paige. Tout le monde a un point de vue personnel en fonction de ce qu'il sait. Et moi, j'ai le mien, docteur.

Paige traverse la pièce. Elle attrape l'exemplaire des *Immortels* et le jette de toutes ses forces à la figure de la femme.

— Et tout ce que je sais, c'est que l'amour rend fou ! lâche Paige avec hargne.

Plusieurs semaines s'écoulent avant que les médecins ne l'autorisent à avoir un stylo.

Cher Aaron...

Paige fait une boule du morceau de papier sur lequel elle vient d'écrire. Elle ne doit plus le contacter, et elle ignore si elle aura l'occasion de lui envoyer cette lettre. Depuis le début, elle s'inquiète à l'idée qu'il ait cherché à la joindre en vain. Sans compter qu'elle n'a aucune intimité ici. Ses affaires sont constamment fouillées. C'est pour l'aider à guérir, disent-ils. Pour la protéger. Elle ne peut donc qu'imaginer son nom en haut de la page pour sentir sa présence au fond d'elle-même, là où tout est encore vrai, intact et pur.

Paige attrape une feuille vierge.

— Cher Aaron..., chuchote-t-elle.

« Il existe deux types de personne sur terre : celles qui ne croient pas à l'amour, et les autres. Moi, j'y crois. »

Table

Découvrez aussi

Nuits d'Enfer au Paradis

Les plus grandes auteures américaines (Stephenie Meyer, Meg Cabot...) vous entraînent dans une danse aussi envoûtante que macabre !

Composition MCP - *Groupe JOUVE* - 45770 Saran
N° 379173Z

Impression réalisée par
CPI BRODARD ET TAUPIN
La Flèche
en avril 2009

« Pour l'éditeur, le principe est d'utiliser des papiers composés de fibres naturelles, renouvelables, recyclables et fabriquées à partir de bois issus de forêts qui adoptent un système d'aménagement durable. En outre, l'éditeur attend de ses fournisseurs de papier qu'ils s'inscrivent dans une démarche de certification environnementale reconnue. »

N° d'impression : 52421
20.16.1789.5/01 – ISBN : 978-2-01-201789-4

Loi n° 49-956 du 16 juillet 1949 sur les publications destinées à la jeunesse.
Dépôt légal : avril 2009